少年百部100
SHAONIAN BAIBU

— 小学语文 —
核心素养书系
课本拓展精读

QINGPIN

清贫

方志敏 著

长江出版传媒
长江少年儿童出版社

图书在版编目(CIP)数据

清贫 / 方志敏著. —武汉：长江少年儿童出版社，2024.1
（小学语文核心素养书系：课本拓展精读）
ISBN 978-7-5721-4582-7

Ⅰ. ①清… Ⅱ. ①方… Ⅲ. ①散文集-中国-现代 Ⅳ. ①I266

中国国家版本馆 CIP 数据核字(2024)第 001903 号

小学语文核心素养书系：课本拓展精读
XIAOXUE YUWEN HEXIN SUYANG SHUXI: KEBEN TUOZHAN JINGDU

清贫
QINGPIN

出 品 人：何 龙
策　　划：蓝 欣
执行策划：梁 崴
责任编辑：项 玮
整体设计：洋溢文化
责任校对：莫大伟
责任印刷：邱 刚 雷 恒
出版发行：长江少年儿童出版社(集团)有限公司
业务电话：(027)87679199
承 印 厂：湖北鄂南新华印刷包装股份有限公司
经　　销：新华书店湖北发行所
开　　本：720 毫米 × 970 毫米 1/16
印　　张：12
字　　数：84 千字
版　　次：2024 年 1 月第 1 版
印　　次：2024 年 1 月第 1 次印刷
书　　号：ISBN 978-7-5721-4582-7
定　　价：35.80 元

导读

《小学语文核心素养书系：课本拓展精读》是一套专门为小学生设计的语文课外阅读丛书，内容精选小学语文课本中作家的经典作品，旨在帮助孩子更好地理解和欣赏名家名作，全面提升孩子的阅读和写作能力，为语文学习打下坚实的基础，让孩子爱上阅读。

本丛书以小学语文课本中的课文为“向导”，每个作品都是课本入选作家的名篇名作，从一篇课文延伸至一本书，包括童话、小说、散文、诗歌等多种体裁，带领读者领略不同作者独特的创作风格和思想内涵，学习丰富的写作技巧和文学知识。

我们还邀请了国内著名插画师，根据书中情节绘制多幅精美插图，给孩子带来高品质的视觉享受。

让我们一起走进精彩的语文世界，感受文字的魅力，探索知识的海洋吧！

名师推荐

语文是小学生学习的基础，也是表达思想和交流感情的重要工具。孩子通过阅读学习优秀的文学作品，可以拓宽视野，提高语言表达能力，培养良好的审美情趣。

《小学语文核心素养书系：课本拓展精读》是小学语文课本入选作家的作品集，体裁多样，内容丰富。通过阅读这些作品，孩子可以感受不同文体和风格的魅力，培养对文字的感知能力和表达能力。

这套书系的独特之处在于选篇与课本的关联性和延伸性。每本书都来自小学语文课本中的作者，孩子可以更好地理解作者的创作背景和文化背景，加深对作品的理解和欣赏。同时，这套书也提供了与课文相关的拓展阅读，帮助孩子进一步扩大知识面，培养阅读兴趣。

孩子通过阅读不同名家的经典作品，拓宽自己的思维边界，培养自主阅读和独立思考的能力，为今后更高阶段的语文学习打下坚实的基础。同时，这些优秀的作品也能够激发孩子的情感共鸣，引导他们审视自己的内心世界。

祝愿每一个孩子在阅读《小学语文核心素养书系：课本拓展精读》这套书时，都能感受到语文的乐趣和力量，收获智慧和快乐。

目录

清贫*

我从事革命斗争，已经十余年了。在这长期的奋斗中，我一向是过着朴素的生活，从没有奢侈过。经手的款项，总在数百万元；但为革命而筹集的金钱，是一点一滴地用之于革命事业的。这在国方[1]的伟人们看来，颇似奇迹，或认为夸张；而矜持不苟，舍己为公，却是每个共产党员具备的美德。所以，如果有人问我身边有没有一些积蓄，那我可以告诉你一桩趣事。

就在我被俘的那一天——一个最不幸的日子，有两个国方兵士，在树林中发现了我，而且猜到我是什么人，他们满肚子热望在我身上搜出一千或八百大洋，或者搜出一些金镯金戒指一类的东西，发个意外

* 方志敏为无产阶级革命家、军事家，他的作品有强烈的时代烙印，其行文习惯和用词或有与当下的规范不一致处，为尊重历史原貌，未作改动。

① 国方：国民党的官僚政客。

之财。哪知道从我上身摸到下身，从袄领捏到袜底，除了一只时表和一支自来水笔，一个铜板都没有搜出。他们于是被激怒了，猜疑我是把钱藏在哪里，不肯拿出来。他们之中有一个，左手拿着一个木柄榴弹，右手拉出榴弹中的引线，双脚拉开一步，做出要抛掷的姿势，用凶恶的眼光盯住我，威吓地吼道：

“赶快将钱拿出来，不然就是一个炸弹，把你炸死去！”

“哼！你不要做出那难看的样子来吧！我确实一个铜板都没有存，想从我这里发洋财，是想错了。”我微笑着，淡淡地说。

“你骗谁！像你当大官的人会没有钱！”拿榴弹的兵士坚不相信。

“绝不会没有钱的，一定是藏在哪里，我是老出门的，骗不得我。”另一个兵士一面说，一面弓着背将我的衣角裤裆过细地捏，总企望着有新的发现。

“你们要相信我的话，不要瞎忙吧！我不比你们国民党当官，个个都有钱，我今天确实是一个铜板也没有，我们革命不是为着发财！”我再次向他们解释。

等他们确知在我身上搜不出什么的时候，也就停手不搜了；又在我藏躲的地方周围，低头注目搜寻了一番，也毫无所得。他们是多么失望啊！那个持弹欲放的兵士，也将拉着的引线，仍旧塞进榴弹的木柄里，转过来来抢夺我的表和水笔。后彼此说定表和笔卖出钱来平分，才算无话。他们用怀疑而又惊异的目光，对我自上而下地望了几遍，就同声命令："走吧！"

是不是还要问问我家里有没有一些财产？请等一下，让我想一想，啊，记起来了，有的有的，但不算多。去年暑天我穿的几套旧的汗褂裤，与几双缝上底的线袜，已交给我的妻放在深山坞里保藏着——怕国军进攻时，被人抢了去，准备今年暑天拿出来再穿；那些就算是我唯一的财产了。但我说出那几件"传世宝"来，岂不要叫那些富翁们齿冷三天？！

清贫，洁白朴素的生活，正是我们革命者能够战胜许多困难的地方！

一九三五年五月二十六日写于囚室

我从事革命斗争的略述

一、黑暗的故乡

赣东弋阳县，共分为九个区。出城北行三十里，即为九区辖地。九区纵七十余里，横四十余里，共有七十余村，以漆工镇为中心地。全区共有四千余户，约二万几千人口。这个地方，在革命前，无论哪方面的情形，都是很黑暗的。在清朝皇帝统治时期，那时，我生世未久，还是一个无知无识的小孩子，一点事情都不知道，不必说了。就是经过辛亥革命，建立了中华民国以后，我是渐渐地长大了，据我所知，情形也是愈弄愈糟，没有一点好的迹象。因为辛亥革命，只是做到推翻清朝，变帝制为共和一些政治上表面的改革，对于侵略中国十分凶恶的帝国主义，与中国根深蒂固的封建势力，不但没有动它的毫毛，就连打倒它铲除它的口号，也没有明白地提出来。其次，辛亥革命的方法和手段，也只注重在清军和会党中活动，在广大被压迫的工农劳苦群众中，就根本没有怎样注意，没有做过什么工作。下层广大工农群众，对于这次革命，只是袖手旁观，没有广泛地发动起来参加革命。革命方面，没有雄厚的群众力量的帮助，当然是不能有力地完成驱逐帝国主义出中国，肃清封建势力的伟大革命事业；相反的，南京政府成立不久，革命势力就被反革命势力压倒了，所谓南北议和，实际是革命屈服和妥协于反革命；孙中山的临时大总统，也就让位于中国贵族官僚地主买办阶级的代表袁世凯了。从此，辛亥革命便夭折了。帝国主义和封建阶级在中国的统治，依然如旧，不过去掉了一个溥仪，换上另一个统治代表袁世凯而已。

因此，在乡村中，也并没有因这次革命而有过任何新的改革，一切都照旧样，没有什么与前不同的地方。贪官污吏照旧压榨民众，土豪劣绅照旧横行乡里；压迫人剥削人的社会吸血鬼们，照旧实行其压迫和剥削；被压迫被剥削的人们，照旧过他们痛苦的生

活。如果硬要找出革命后与革命前不同的地方，那就是一般人都剪掉了辫子，变成和尚头（起初还是用警察的强力）；做官的人，不穿马蹄袖的补服，换上了长袍马褂，也不戴拖条毛的顶子，换上了呢大礼帽罢了。乡村中的工农群众，看不出这次革命与本身利益有一点什么关系。

弋阳九区这个地方，在辛亥革命后，直到一九二六年，情形也正是如此。现将这一小块地方的各种黑暗情形，条述于下：

（一）贪官污吏对工农群众的压榨——弋阳县衙门的官吏差役，在一般群众看来，简直是一伙会吃人的豺狼老虎，你只不要碰到他们的手里就好，如果有点什么事碰到他们的手里，就算不弄到你家破人亡，也要弄得你妻离子散；衙门就是一只老虎口，吃人不吐骨头的！县衙门官吏千方百计压榨民众的事情，多到数不胜数，暂不去说它。我只谈一谈漆工镇警察所的情形，漆工镇设了一个警察派出所，所内设了一个巡官。照官职说来，这个巡官，本是一个不值置齿的芝麻小官；但在北洋军阀统治之下，什么事都不许有道理讲，这个芝麻小官，居然成了九区一个无上威权的统治者！我记得有一个巡官姓余，他是北方人，他做巡官，不到半年，就赚到赃洋一万余元。这似乎是一种不能令人相信的奇闻，然而这却是中华民国国土内确确实实有的事实。他榨取冤枉钱财的方法，就是他无法无天地将立法、司法、行政三权，都兼而一手包办之，他成了一个道地无二的独裁魔王。他受理区内的一切民刑诉讼，并派出巡警四处招徕诉讼，像商人招徕生意一样。人民的禀帖，一进了他的公门，不管三七二十一，有钱和钱多的就有理；无钱和钱少的就无理，就得坐拘留所，脱裤子打屁股！一场冤枉官司，原、被告两方出的钱，多可得洋一百元或二百元，少也可得洋几十元。一个月内总有几十场官司，一二千元是靠得住有的。区内的土豪劣绅，早已与他串通一气，协同作恶，民众冤抑无处诉，叫苦连天！

我那时在南昌读书，听到这种事情，不禁一肚子的激愤，马上邀集几个学生，写了张禀帖送到江西警察厅，控告他的劣迹。我们以为余某胆敢做出这些罪恶，一定是警察厅不知道，如果我们的禀帖进去了，厅长知道了，那还不会立即下令去拿办他那混账的坏物。我们下了课后，常常跑到警察厅的批示处去看看，看我们的禀帖批示了没有。等了十天，批示处贴出了一张“据禀悉，候查明办理可也，此批”。官样文章的批词，一点什么实际效力也没有发生。因为这位土皇帝的佘巡官，听到有人控告他，他就连忙派人送了一大注赃款来进贿，天大的事，也就化为无事了。后来我知道当时对警察厅的那种认识，只是头脑简单、阅历不深的学生们的稚气，不禁失笑。我只要将这种骇人听闻的事情写出来，当时政治上的昏天黑地，也就可想而知了。

（二）光怪离奇的选举把戏——自辛亥革命挂上共和国的招牌后，也办起什么选举来了。但是，这种选举，却替土豪劣绅增加了一个发财的机会，玩出许多可笑的把戏。例如什么时候，要进行省议会的选举，我们贵区的土劣们，就忙着捏造选民册了；以少报多，增多选票好卖钱。九区只有两万几千人，有选民资格的，至多只有一万人吧！（当时选民资格怎样规定的，我至今还不知道。）但土劣报选名额，就要多报一二万人。选民册捏造好了，于是去和运动买票的土劣讲价钱。票价得到手，大家平分，大土劣多得些，小土劣少得些，有时分赃不匀，也有打架闹账的。买票人选票买够了，就雇用许多会写字的人替他填票，张张都写上他的名字。票柜打开一数，当然票数一张不少，于是他就成为所谓人民的代表某某议员了。这种把戏，每玩一次，各地的土劣讼棍，都必蚁聚县城一次，吃喝嫖赌，大闹一场；而真正有权投票的民众，简直什么也不知道。

（三）苛捐杂税的重征——各种苛捐杂税，名目繁多，数不胜数。例如田赋加征，附加税超过正税几倍；盐税加重，盐价因而加贵几倍；货物征税，各货也就都涨价了。还有临时各捐：喝酒要酒捐，吸烟要烟捐，杀猪要屠宰捐，讨老婆的婚帖上也要贴八角大洋的印花；军队过境，既要招待费，又要夫子捐。至于厘卡到处设立，到处抽税，其负担仍转嫁于贫苦民众身上。再则公债发行，更是扰民不堪，公债一般的不是劝募，而是硬派；民众出了钱，多不能得票，票都被经手的土劣们吞没了，民众哪敢说半句话！这些捐税，一年比一年加重，如千斤重担，沉沉地压在民众身上。

（四）重租重利的盘剥——在九区地方，佃户向地主租田种，一般都四六分，即佃户只得收获物的四成，地主坐得六成。仔细算起来，佃户用去的谷种、肥料、人工、牛工，只得收获物四成，不但没有赚账，而且每亩田，都是要亏本的——有的田，甚至要亏本一两块钱的。农民对亏本数的填补，就是自己尽量节衣缩食，拼命苦做。如农民一件棉袄，穿十几年不换，破了就补，补上加补；热天打赤膊种田，情愿让炎热的太阳，晒脱一身皮，去省下一两件单衣。吃的是粗菜糙饭，半饱半饿地度日，猪肉一年还不知能吃几次。秋冬收割已毕，即拼命去挑担推车，用苦力赚些钱来。用上述的办法，才能填补一下佃田的亏蚀数。此外，还有押租和请租饭的恶例，（请租饭，即是佃户每年要请地主吃饭，这餐饭一定要杀鸡，煴蹄包，弄店菜，买美酒，办得很体面好吃，否则，地主发了气，就要起田给别人去种。）都是加重无田或少田的贫苦农民的负担。一般农民群众，因为自己没有土地，哪怕怎样勤劳节俭，终竟不够生活，于是不得不向有钱人借债了。债的利率，起码是周年二分，周年三分五分利率的也是很多——如放干租，放青苗债，放新谷，放十个铜板一月的利等。最重的利，要算是“加一老利”，即借洋一元，每月要利金一角，在年头借洋一元，到年终要还本和利大洋二元二角。放“加一老利”的，在九区只有一家，即漆工镇的邵鼎丰。他幼时也是一个穷光蛋，到三十九岁时，因放“加一老利”的债发了财，不到十年时光，居然成了拥资十万的大富翁了。人人都知道借他的钱，是等于吃毒药，但当着穷无所出，借贷无门的时候，又只得嘻笑着脸，向他讨鸩止渴了。穷而借债，借债更穷，愈趋愈下，贫穷人只有陷入万丈的痛苦深渊中去了。中国地主是实行三重剥削的：出租土地，坐享地租；放债生利，实行高利贷的剥削；开店铺赚钱，实行商业的剥削。工农劳苦群众，就在这三重剥削下，辗转挣扎，而永无翻身之日。

（五）更严重的就是帝国主义深入农村的侵略——如各种洋货侵入农村，将农村原有的手工业，摧毁无余；洋布输入农村，原有的土机织的布，即逐渐绝迹，以后甚至一针一线之微，都非用洋货不可。茶叶原是九区一大宗出产，后因中国茶叶在国际市场的惨跌，所有茶山茶地，也都荒芜下去，无人过问；因为茶叶跌价，卖茶所得的钱，还不够摘茶的工资。总之，帝国主义对中国日深月甚的经济侵略，使农村经济急剧地衰退下去，农民生活更加穷苦不堪。

（六）所以工农群众的痛苦，是日益加深——具体地说，就是土地日益集中于少数地主的手里，多数农民破产卖了原来就很不够的土地，成为少地或无地的农民。工农群众的生活水平日益下降，以至于受饥挨冻，甚至不能生存。最苦的，就是每年一度的旧历年关，地主债主们很凶恶地向穷人逼租逼债，逼到无法可想的时候，卖妻鬻①子，吊颈投水一类的悲惨事情，是不断发生。群众的赤贫化，以至于走到饥饿死亡线上，这还能压制他们不心怀怨恨而另找出路以打破目前不可忍耐的现状吗？

革命前的九区，随笔写来，几成为一幅凄惨黑暗的图画。然而，岂但区区的九区如此，“天下老鸦一

① 鬻（yù）：意思为卖。

般黑”，在帝国主义侵略下的中国，在豪绅地主资产阶级统治下的中国，哪一块地方不是如此呢？比九区更黑暗的地方，还多着呢！我之所以详细一点叙述九区的情形，一方面九区是我生世的故乡，另一方面，九区正是中国农村的一幅缩图，说九区等于说全中国的农村。黑暗的九区！黑暗的弋阳！黑暗的中国！

我于一八九九年生于离漆工镇二里许的湖塘村。在这长夜漫漫、天昏地黑的地方，我生活着，我受着压迫和耻辱地生活着；我长大起来了；我逐渐不安于这黑暗的时日；我渴望着光明；我开始为光明奋斗——奋斗了一生，直到这次被俘入狱，直到被杀而死！

二、一个苦学生

湖塘村共有八十余户，其中欠债欠租，朝夕不能自给的，就有七十余户；负累不多，弄到有饭吃有衣穿，差堪自给的，只有七八户；比较富有的只有两户。

从远处望去，我这村庄的外景，还是很好看的：村背靠着两座矮山，山上都长着茂盛的树林；村的周围，长着许多花果树，全村的房屋，都被深绿的树木掩荫着。村前是三口养鱼的塘，水明如镜，每天早晨，全村妇女们，都在这塘里洗衣服。鱼塘的前面，就是一块大田坂，在春深时节，满坂尽是绿苗，微风吹来，把绿苗吹成一层挨一层的绿的波浪。更远一点，就是一条小河，弯弯曲曲地流着，流进村右边的水口林里，被树林遮住不见了。四围的树都长出绿叶，在绿叶里跳上跳下的各种鸟儿，都鸣出悦听的声音，互相唱和着。戴笠的农民，三三两两地散在田坂上，弯身低头地在做工。这样的农村美景，比起拍照的风景片来，我觉得并不会逊色，不过我自愧不是一个文学家，不能很美丽地将它描写出来。

但是，这只是村的外景，倘若你走进村里去看看，那就有点不雅观了。道路是凹凸不平，柴屑粪渣，零零散散地散布在路上；房屋多是东倒西歪的，新的整齐的房屋很少；房屋内都是烟尘满布，鸡屎牛粪，臭秽难闻；村内的沟渠，也是污泥淤塞，臭水满沟。各种各样的虫蚁，到处蠕蠕地爬动。到暑天时节，蝇子统治日间，蚊子统治夜间，真有点令人难堪。如果久在城市生活惯的人们，初跑进这样的乡村中来，一日都觉得难过下去的。在这样污秽环境之下，生病的人，就不少了，尤其是暑天，打皮寒、烂脚的特别多。如果你要责备这些农民，为什么这样不爱清洁卫生，不实行“新生活运动”，那我可以告诉你，他们被人剥削，苦到饭都弄不到吃，哪里还有余力来讲清洁卫生；苦到几乎不能生活，哪里还能实行新生活。比如一个农民患着隔日一来的一寒一烧的病，他晓得这是打皮寒[①]，他又晓得治皮寒顶好的药，就是鬼子丸——金鸡纳霜丸，农民只晓得叫鬼子丸，当他问人：“鬼子丸多少钱一个？”“一百钱一个。”（乡村的药卖得贵，每丸要卖一百钱。）“吃几个就会断根？”“总要十几个才会断根吧。”“那吃不起，还是让挨下去；有命就会挨好来，挨不好，死了就算吧！”买几个皮寒丸来治病都无钱，让他尽病下去，病到后来，多数是肚皮上硬起一块，眼珠发黄，农民不知是脾肿胀，而说是肚子里结了一个血果。病到这个地步，这人的健康，是永难恢复的了。小孩子打皮寒，更挨不住，寒烧十几次，就会瘦得一层皮包骨头

① 打皮寒：指疟疾发作。

地死去，每年暑天小孩子死得很多。烂脚也是一样，开头只是一个豆子般大的毒口，发红发肿；让他摆着没药医，过了几天就烂到盏口一般的大了，再又过几天，就烂到碗口一般的大了，再尽过下去，他就成了一个“老烂脚”了！中国工农贫苦群众的身体和生命，都是如此的不值钱的。我每年暑假回家的时候，看到村中如此情形，心里总感着难过，合得将它改良一下才好；但是左想右想，终想不出一个改良的方法来。不彻底革命，你会有什么力量来改良农村，从前一些热心新村运动者，他们到底做出来一点什么成绩，他们不都是宣告失败了吗？只有苏联，因为无产阶级革命成功，实行了无产阶级专政，才把全国农村，不是改良而是彻底地改造了，千千万万的农民都得到完全的解放，这是我们应该走的一条正确路线。现在把话说转来：我这村庄的情形如此，其他村庄的情形——说远一点，全中国村庄的情形，据我所看过的，又何尝不都是如此！中国农村的衰败、黑暗、污秽，到了惊人的地步，这是人人知道，无庸讳言的了。

在我村内，我家是一大户，男女老少，共三十余口，经济地位是足以自给的中农。我家种田二百余亩，有百余亩是向着地主租来种的，每年要向地主纳租二百余石。我家的男人，凡能耕种的，都一律种田；小孩子就放牛；女人在家里烧锅弄饭，洗衣喂猪，以及纺纱绩麻，也要做着极大的劳动。因为家庭经济困难，我父亲的兄弟们以及我同辈的兄弟们，每人都只准到私塾读三年书，即出来种田。“认识自己的名字，记得来工匠账就算了，还想什么进学中秀才？”这是我家里的人常说的话。至于我们的姐妹，她们是女子，照老道理来说，女子是不必读书的，而且又是“赔钱货”，长大了总是要嫁人的，更无须读书，所以她们没有一个识字的。

我呢？我还是多读了几年书，原因是我的天资，比较我的兄弟们都聪明一点。我在启蒙那一年所读的书，就比同塾儿童三年读的书还更多。训蒙的老先生，是一个穷秀才，他高兴起来，认我是个可教的孩子，就对我讲解些书中的字义文义。读过几年之后，我也就能够作些短篇文字了。我的父亲，到这时也不忍要我停学，就勉力让我继续读下去。

我到十七岁时，才进高等小学校，在校得与邵式平同志认识，三年同班，朝夕不离，情投志合，结为至友。

在一九一八年，全国掀起反对日本帝国主义所提出的亡国二十一条的运动。爱国运动，波及到弋阳时，我是最爱国的一分子。对日本帝国主义侵略中国，企图灭亡中国的横暴，心里愤激到了极点，真愿与日本偕亡！学校里发起的抵制日货、向群众讲演和示威游行，我都是忘餐废寝地去做。为得立誓不用日货，我曾将很不容易买来的几种日货用品，如脸盆、牙刷、金刚石牙粉等都打碎抛弃，情愿自己没有得用。

二十岁在高小毕业，父亲东扯西借，借到几十块钱给我来省。我投考到南昌工业学校，读了两年，又因学校的腐败不堪，闹了一次风潮被开除出来。

一九二二年，再到九江南伟烈学校读了一年，以后真是借贷无门，也就只得辍学了。

总计我共读了十一年书，在私塾五年，没有用什么钱，以后到高小、工校、南伟烈学校读书，都得用些钱。我读书用的钱，比较豪富学生用的钱，是不及他们用的百分、几百分之一，但每块钱都是从人家借来，六年用去的钱，连本带利，就变成一笔七百元的巨额债款了。这笔债款，真像一块千斤重的石头，压得我全家人无地自存！（那时我大家已分居了。）我的父亲母亲，一年三百六十五日，日日都处在忧愁之中，为的就是这笔债款不能还！他俩老人家，每夜鸡鸣时候，就都醒了。他们谈到的第一件事就是债！“这笔债款尽欠下去，是不得了的呀！怎样才还得清这笔债呀！咳！咳！咳！……”结果，总是长吁短叹到天明！我年暑假回家，最怕听的，就是这一类的话；但我的父亲母亲，总是哭丧着脸，尽以这一类的话对我谈，真逼得我坐卧不安！我如此亲尝着这负债的苦味，深味着负债人心中不可描画出来的深忧！我在二十三岁时，决然废学，固然是借贷无门，无法筹得学费；同时也不愿因我一人求学，给全家人以如此深重的忧愁！

三、九区青年社的组织

在前面说过，我是一个黑暗的憎恶者，我是一个光明的渴求者。因为我所处的经济环境，和我对于新的思潮的接受，故对于社会的吸血鬼们——不劳而食的豪绅地主资产阶级，深怀不满；而对于贫苦工农群众，则予以深刻的阶级同情。

我在弋阳高等小学读书时，即将九区在校的学生，组织了九区青年社——这自然是一个狭隘的地方性的小团体。大家都是小学生，知识有限，所以这社的宗旨，也就定得模糊不清，不过对现社会带了一点不满情绪罢了。这社的组成分子，也很复杂，有的是地主家庭出身，有的是贫苦学生，因此，大家对现社会的态度，也就各不相同。经过几次反对劣绅贪官的斗争，社内起了分化，有钱的社员，都跑到劣绅那方面去，翻转脸皮，来骂我们。无钱的我们，共有十几个人，还是团结在一起。我们骂他们三反四复，卖友求荣，而不知道这正是他们的阶级意识，驱使着他们如此做；阶级的利益一相冲突起来，当然就没有什么友谊可言了。后来，我们这几个穷光蛋，都加入了共产党。

在反劣绅官僚的斗争中，社内既无工农群众参加，自然不会有什么力量表现出来；我们又都年青少经验，什么事都只凭着一股热血做去，全不了解斗争的策略和方法，与那些老奸巨猾的劣绅贪官斗法门，哪能不一败涂地？不久，我们的一个社员，被九区巨绅张大纲举赃诬陷，捉进牢里去，坐了十多个月。我们费了九牛二虎之力，向法院递了好几张辩诉词，化[①]了许多金钱，才将他营救出来。劣绅则在旁拍掌大笑，说："只要我稍动一点手术，就弄得他们坐笼子，他们这班年轻人想推翻我们，说刻薄一点，正像屎缸蛆要推动大磨一样！哈哈哈！"

大家弄得精疲力竭，劣绅贪官仍然是安稳稳地统治着。大家觉得这社没有力量，都去加入其他革命组织，这社也就无形解散了。这社自组织起来，存在了两年，对于革命虽无怎样重大意义，但却给了我们一些斗争认识，提醒我们，不去团结群众，斗争是不会成功的，鼓励了我们到群众中的意志；同时，因这社的影响，也为革命栽培了一些种子。

四、工业学校的驱赵风潮

南昌工业学校，完全为江西教育界的所谓东洋系

① 化：即花。

所把持，以该校校长为该系的首领。工校在其校舍建筑和表面布置看来，似乎还办得不错。但在校读书的学生，才知道里面黑幕重重，如办事人的敷衍塞责，对学生生活的漠视，教员只要同系的人，不管饭桶不饭桶，这都是使学生们不满意。我因选入机械科，该科饭桶教员更多，更增加我的不满。在我的影响下，团结了一部分热心同学，于是就组织学生自治会，对校内腐败情形不客气地揭露出来，并要求种种改革，不意竟触怒这赵校长，用出他的辣手，将我和为首的另三个同学悬牌开除学籍，遂激起全校学生的驱赵风潮。

这一风潮，开始闹得轰轰烈烈，同学们青年血性，非常激烈。当那天挂出开除我们学籍的牌子时，同学们登时大哗，将牌子摘下，一脚踏烂；并由学生自治会，另悬一块牌子出来，历数校长的罪恶，开除校长。我们开全校学生会时，到会同学二百余人，听到我的演说，有几十个气得流泪！于是散发传单，游行示威，到教育厅请愿，请各校学生会与新闻记者援助等，都做过了。但是，经过一星期的运动，竟没有得到什么结果；原因就是赵的背景太大，教育厅长亦其同系，如何会撤换他。我们青年学生，直心直肠地做事，不计利害，不计成败，而且知识经验的幼稚，也计料不到利害和成败。后赵用一毒计，悬牌提早放暑假，小资产阶级的不能持久斗争的同学们，遂因归家心切，都纷纷卷铺盖回家了。他们在回家之前，来向我辞别："志敏兄，我回去了，下年再来干过。"我只好对他们点头笑笑！同学们都回家去，风潮也就平息下来，赵宝鸿的校长，还是赖着做没调动，但有一年之久，都没有到过学校，他成了一个公馆中的校长。

此次运动，虽未胜利，且被开除学籍，我心中却仍觉得愉快。因为改革学校的运动，是我自己愿意干的，吃亏受气，自不在乎。过后想来，虽觉得当时行动，有些是过于稚气了一点，但自己笑一笑也就丢在一边不想了。

当时，第二中学，有一个江西改造社，是十几个倾向革命的学生组织的，袁孟冰、黄道同志都在内。工校风潮后，他们认为我是个革命青年，介绍我加入，我到社开了几次会。这社是个研究性的团体，社员的思想信仰，并不一致，袁、黄和我几个人是马克思主义的信徒；另有几个人，相信无政府主义，其余的人，简直是动摇不定，无一定的信仰。社内出了一种《新江西》季刊，各种问题都无中心地谈，在江西影响不大。也是因为不做工农群众的工作，社内仅只十几个摇摆犹豫的学生，所以做不出什么有力的革命运动来。后来，袁、黄和我，都加入共产党；有些青年同志则转入C. Y. ①；还有些有钱的社员，都去升大学，想做一个成功学者，改造社也就无形解散。袁孟冰同志，后到苏联留学，大概是一九二八年，在南昌被国民党所杀，他是我们党内一个忠实于党、忠实于阶级，勤勤恳恳做革命工作的可敬的同志！我是时常纪念他的。

五、我不相信基督教！

基督教是帝国主义对中国实行文化侵略的一种最厉害的东西。它的任务，第一，是教人相信上帝，相信来生，相信逆来顺受的不抵抗主义。“有人打你的左脸，你的右脸也给他打；有人脱你的外衣，你的内

① C.Y.：即共产主义青年团，是英文 Communist Youth League 的缩写。

衣也给他脱。”这对工农群众，就是说，地主资本家压迫和剥削你们，你们绝不要反抗！工人不要工资替资本家做工好了，农民把种出的东西，统交给地主好了；冻死饿死不要紧，横竖来生是有福的，你这驯顺的人，死了灵魂一定会升入天堂！对于中国，那就是说，帝国主义侵略中国，一切都忍受着好了；日本占去了中国的东北四省，那算什么，你把全中国统送给它好了。它是以精神的鸦片，来麻醉中国人的头脑，造成大批的依附信仰洋大人的顺民。第二，所谓上帝的传道者——神父教士们，实际上完全是帝国主义派来深入中国各地的侦探和鹰犬。他们居住在中国的城市和乡村，一切地理、经济、人情风俗，哪一件不被他们侦察得清清楚楚去向他们的政府做报告？所以英国资本家有一句话说得好：“神父就是棉花。”这就是说，凡是神父达到之地，英国的棉织物，也就跟着输送了进来，帝国主义的势力也就达到了。在帝国主义枪炮保护之下蔓延各地的基督教，他们到处造大洋房，开办学校医院，实行许多假仁假义，小恩小惠的事情，都是各国资本家捐助来的巨款，这也就可见他们的用意和作用了。同时，他们新旧约《圣经》上所讲的，全是一些迷信的神话，与现代科学完全相反。所以除了一些想在洋人脚下讨口饭吃、甘心为洋奴的外，像我这样相信科学相信真理的青年，哪会相信他们毫无根据的鬼话呢？

九江南伟烈学校，是一个美以美会办的教会学校。校址宽大，校舍都是大洋楼，又俯临着九江有名的甘棠湖，风景自然是美丽的。这学校开办的历史很久，在这里造就出来的牧师、翻译员及洋行用员，为数已大有可观！

我因为要学点英文，又以该校费用不大，每年只要百余元，在被工校开除出校之后，就报名投入该校了。

这学校也是表面好看，内容是腐败的。这校的教员只有几个稍好，其余都是要不得的。例如：教我班英文的朱先生，我们背地里喊他“Mr. Pig”。他原是一只坏透了的流氓，因捧洋人得势，到美国混了七八年，一口英国话，不能说他说得不烂熟，但他对于英文学，毕竟还是不太行，尤其是他不懂得教英文的方法；从他学英文，还不如靠本英汉字典确实些。他老先生还教我班的地理呢！有一次，他拿着一支粉笔，指着中国地图东北角的黑龙江说："Yangtze River is here[①]."当时，我吓了一大跳，朱先生呀！你为什么这样糊涂，你自己就住在扬子江边呢！教国文的，是一个前清的秀才；教算术的也是一个二十年前的古董。教会学校，非常专制，教员只要得到洋人的欢心，好不好，学生是不能说话的。

教员饭桶一点，也还可以马虎下去，最使我难受的，就是每天早晨一个小礼拜；星期四下午，又是一个礼拜；星期日的整个上午，都做礼拜！礼拜礼拜，到底礼拜哪个，真是无聊！明知做礼拜是毫无意义，但学校规定甚严，别的课可请假不上，礼拜，除非你生了大病，那就不能不到，不管你是不是教徒！这真是只准他传教自由，不准你信教自由了。当那伪善牧师，吃饱了洋饭，站在礼拜堂上，低头闭目，喃喃诵祷告词，以及胡说八道地大说其教的时候，这多么令我难受，几乎要急得在座上跳起来。这种不自由的学校，岂不等于坐牢！几次要出校，又复忍住。后来，

① Yangtze River is here：这里是扬子江。

我想得一个办法，就是每次去做礼拜，总私自带一本自己爱读的书去，不管牧师说教也好，祷告也好，一概不理，我静心看我的书，这才算将难耐的礼拜挨过去。

校中同学们，有不少的人，趋奉洋人，见到洋人来，总是鞠躬敬礼；洋人说话，总是点头连说“Yes”！我也是看不惯的。有一次，我问了一个惯趋奉洋人的同学，为什么对洋人要如此去尊敬呢？他答说：“你哪还不知道，在洋学堂读书，不尊敬洋人，还尊敬谁？倘若谁得到洋人的欢心，在校可望免费读书，毕业之后，包管你容易找事。密斯特方，你要明白，找到一个翻译员或洋行公司的用员到手，就是几十块花边一月的薪水啦。如果搅得更好的话，还可以在洋人帮助之下，留学美国呢！密斯特方，我不客气地说一句，像你这样不敬洋人，又不信教，那只好去讲你的社会主义了。”（我在校常与同学谈谈社会主义。）我听完了他的话，我不说什么，只对他苦笑一下。

过了一年教会学校的生活，也算过够了；又得到父亲来信，说再不能想法筹款寄来，我就从此废学，漂流到上海，梦想找一个半工半读的机会。

后来，得到南伟烈学校一个同学来信说：校内有一个有力的洋人，希望我再回校去，他可以帮助我的学膳费，但要我相信基督教。我写了封复信给他，说："读书不成，只为家贫，但因贫而无受教育机会的人，在中国何止千百亿万？无论如何，我是不会相信基督教的，现在，我也不愿再读那些无意义的书，我要实际地去做革命工作了。"

六、读《先驱》加入S. Y.

在南伟烈学校正当精神苦闷的时候，忽接到上海一个朋友寄来一份《先驱》报，《先驱》是中国社会主义青年团（简名S. Y.）的机关报。我看过一遍之后，非常佩服它的政治主张。它提出结成民族统一战线，打倒帝国主义，打倒军阀，在当时确为正确不易的主张。《先驱》的每篇文章，文章中的每句话，我都仔细看过，都觉得说得很对；于是我决心要加入社会主义青年团。我漂流到了上海，经过赵醒侬同志的介绍，乃正式加入这个无产阶级青年的革命团体。不过在当时，它成立不久，它的组织还不严密，工作经验也很幼稚，组织成分又以学生居多，故力量不大。我因初出学校，小资产阶级学生的浪漫习气，还是浓厚地存在着，又因感受当时流行的颓废派文学的影响，思想行动都还远谈不上无产阶级化，也就没有替团做多少实际工作。

因为革命思想，在江西传播不广，得到团的同意，与几个同情的朋友，由上海回到南昌开办一家新文化书店，专贩卖马克思主义的和其他革命的书报，并与袁孟冰同志合力出版一种小报，鼓吹革命运动。后书店因经营不得法，营业不振而亏本，不久也被北洋军阀“查封”了。

就在这个时候，我得了初期肺结核症，在三个月内吐血三次。肺病是我青年时期最凶恶的“敌人”，它损害了我的健康，大大地妨碍了我的学习、我的工作！足有五个整年，是无日不困顿于肺病的痛苦之中！我相信，我若不患这可怕的肺病，在马克思列宁主义的学习和研究上，决不会如此的无成就；对于革命工作，也会有更多的努力和贡献。

七、我是个共产党员了！

因为几年的斗争锻炼与团的教育，我的思想行动，逐渐无产阶级化，逐渐具备一个普通共产党员的资格。在一九二四年三月，经过赵醒侬同志等的介绍，在南昌正式加入共产党，这是我生命史上一件最可纪念的事！不管阶级敌人怎样咒骂诬蔑共产党，但共产党终竟是人类最进步的阶级——无产阶级的政党。它有完整的革命理论、革命政纲和最高尚的理想，它有严密的党的组织与铁的纪律，它有正确的战略和策略，它有广大的经过选择而忠诚于革命事业的党员群众，并且它还有得到全党诚心爱戴的领袖；它与无产阶级和一般劳苦群众，保持亲密的领导关系；它对于阶级以及全人类解放事业的努力、奋斗和牺牲精神，只要不是一匹疯狗，都会对它表示敬意！

共产党员——这是一个极尊贵的名词，我加入了共产党，做了共产党员，我是如何地引以为荣啊！从此，我的一切，直至我的生命都交给党去了！

八、五卅运动中的我

一九二五年，反帝国主义的民族革命运动——五卅运动起来了。这是在中国无产阶级领导下极伟大的群众运动，这是被压迫的中华民族的觉醒——睡狮的怒吼！这次运动，给了各帝国主义——特别是大英帝国主义以严重的打击，有力地推动了中国第一次大革命的进展！

此时，我看到帝国主义在中国境地内自由屠杀中国人民，心中愤激已极！运动开始时，我就参加“江西沪案后援会”工作，凡后援会规定的工作，我都积极地去干，在工作紧张时，有几晚都没有睡觉。随后，后援会派我去赣东各县工作，我也曾尽力之所及地去做，将反帝运动，相当地深入于这些偏僻县份的群众之中。

在这次运动中，我的吐血病发了几次；但当吐血的时候，就静卧几天，病稍好了，又起来干；一干又病，病稍好了仍然又起来干！

九、秘密国民党时代的工作

在国共合作政策下，我是以共产党员加入国民党做国民革命的工作。在一九二三年，江西的国民党部就秘密地成立了。江西当时在北洋军阀统治之下，认国民党为赤化党，是施行压迫的。如捉到国民党员，轻则坐牢，重则枪毙。当日北洋军阀之压迫国民党，亦犹今日国民党之压迫共产党一样，不过侦探技术，处决方法，后者比前者更进步更毒辣罢了。

我们就在这种严重环境之下，秘密地工作着。组织工作的方法，是自上而下的，先组织了江西临时省党部，随后在各县组织了十几县县党部。开过了一次秘密的全省代表大会，选举省执委，成立正式省党部。省党部主要的负责者，就是赵醒侬同志。工人与农民运动，亦在开始进行。对于"拥护中山北上"，与"追悼中山逝世"的两次运动，是做得比较广泛而深入的，唤起了江西广大群众对国民革命的认识和同情。

这里要讲到赵醒侬同志的事迹：他是江西南丰县人，他是一个破产的商人。他在上海工作时，生活非常艰苦。他到各处活动，全靠两脚走路，连坐电车的钱都是没有的。他是共产党员，他是接受党的命令，来积极地参加国民革命的工作。他在北伐军到南昌前的三个月被军阀捕住，关押于军法处两个月就枪决了。后来很少人知道他，但在江西，他却是为打倒帝国主义，打倒军阀，争取中华民族独立解放的革命运动的第一个牺牲者！

在这长期的秘密工作中，我的肺病更加加深了，更容易吐血了，走多了路吐血，睡晏了觉吐血了，受了什么激刺也吐血，进了好几次医院。但我仍然是干而复病，病好复干。

十、北伐军到了江西以后

在一九二六年一月，我被派去参加广东第一次全省农民代表大会，到了广州。由反革命的北洋军阀统治下的地方，走到革命的策源地——广州，觉得各种现象，都是生气勃勃的，另是一种的。当轮船驶进虎门要塞时，看到环要塞的一道粉白围墙上，写着“打倒帝国主义，打倒军阀！”十个大字，精神为之一振！到了广州，看到各处所贴的崭新的革命标语，省港罢工工人的坚决斗争，各地革命农民代表的踊跃赴会与革命军人的和蔼可亲，这些情形，都使我感着愉快。农民代表大会，经过了五天，我从彭湃同志的谈话、演说、报告中，学得了许多农民运动的方法。（彭湃同志是广东农民群众最有威信的一个首领，他于一九二九年在上海被国民党屠杀了！他的名字，永远在中国革命历史上辉耀着，广东的农民群众，也永远不会忘记当日领导他们向地主斗争的领袖！）后参加十万人的广州纪念大会，又随劳农两大会的代表——中国第四次全国劳动大会与广东农民代表大会，同时在广州开会——到广州国民政府，请愿出师北伐；后又到省港罢工委员会、石井兵工厂等处参观，都觉得很是满意。满望回到江西，大大地做一番运动，哪知刚到上海，又吐起血来了。这次肺病大发热度升到摄氏表四十一度，几至于死。

得到中国济难会的帮助，在上海医院医治了两个月，才能缓缓地行步；后又转到牯岭普仁医院医了一百多天，肺病才得到一点转机。这次若不得济难会医药费的帮助，早就病死离去人世了。

在牯岭医院中，天天盼望着北伐军胜利的消息。一日，从病友处忽得到一张武汉报纸，乃是北伐军占领武汉后的报纸，我把那张报的每个字都念过了。不禁狂喜！再过不久，北伐军占领了江西，我就依照党的指示，下牯岭到南昌来工作。

本来，在推翻北洋军阀统治的江西，革命运动应该彻底进行。但当时共产党的中央，被陈独秀腐朽的机会主义所统治，离开阶级立场，背叛阶级利益，放弃革命的领导权，阻止工农群众斗争的开展和深入，以致党脱离群众，不能领导群众；不去组织工农的军队，也不去进行国民军中的工作；只是一味地去妥协资产阶级，以求其所谓民族联合战线的巩固！这样可耻的机会主义，将第一次大革命，一直领导到失败。

我当时担任省农民协会秘书长的重责，因党没有正确路线的领导，虽说是组织了六百万农民协会的会员，但农民斗争没有更高程度地开展，没有积极地领导农民群众向剥削阶级进攻，以致会员没有得到更多革命的实际利益，农民对农民协会也就不会有深厚的热情；其次，组织训练工作，也做得十分不够，农民协会的工作方式，也是带着官僚主义的，如我在省农民协会时，除开会外，就只批批各县来的“等因奉此”的官样公文，连南昌近郊的农民运动，也没有很好地进行。尤其重要的是农民武装——农民自卫军没有积极地去组织和锻炼——这些都是使农民协会不能有真实的力量的原因。

当时，江西的A. B. 团[①]却非常积极地进攻省农民协会，要夺到他们手里去。他们把持着省党部，今天对省农协一个决议，明天对省农协又要玩个花样，我是首当其冲的人，我成了他们的眼中钉，每天早晨起来，拿起报纸来，首先就要看省党部又有什么进攻省农协的新办法；为对付他们的进攻，确费了不少的心思。他们委派了两个委员到省农协，当然不是来做工作，而是来和我们捣乱子；每次省农协开会时，我总与他们先争后闹，最后就拍桌大骂而散。

江西省农民协会开第一次全省代表大会，他们首先就要圈定省农协的委员；我电问中央农委——中央农委书记为毛泽东同志，如何对付；得复电：须坚决反对，宁可使农协大会开不成功，不可屈服于圈定办法。他们圈定不成，就用金钱收买选票，结果露出马

① A.B.团：当时国民党潜伏在红色区域的反革命特务组织。

脚，大闹笑话！大会选举他们算是失败了，省农协没有被他们夺取去！他们散布谣言说，要用手枪暗中打死我；我也不以为意。

过了不久的时候，朱培德的态度，一天一天地右倾，公开说工农运动过了火，现在要开一开倒车等反动话；可是我们省委也没有想出一点革命的应付方法，整天只是机会主义地叫同志去拉拢影响而已。

“欢送共产党员出境！”“共产党员如果不出境，就要不客气地对付！”“制止工农运动的过火！”这些严重示威的反革命标语，都是以机关枪连迫击炮连军队的署名到处贴出来了。这是一个多么严重的问题！我几次跑到省委去说，要省委急电中央想办法，省委总是说：“把党的机关逐渐秘密起来，你们还是尽力去拉拢和影响他们。”

在六月的一天——我忘记了是哪一天，欢送共产党员的事情果然发生了。我正在省农民协会看各县农民斗争的报告，一个有地位的人，喘气不止地跑来通知我说：“你赶快走吧！朱培德今日要送你们去武汉。”他连催我走，我就一气跑去省委机关。我刚离开省农协不久，朱培德派来的一营兵，就把省农协围住，将我的卧房，翻箱倒柜地检查，又将省农民自卫军一连人缴械。这次他扯去了假面具，他那狰狞的地主将军的面貌，完全暴露出来了。

过后一刻时，得悉朱培德一共要欢送二十四个共产党员出境（其中有几个是左派）。他做了许多假把戏——如请酒饯行，送旅费和安家费，每人一千六百元，派花车给这些人坐等等；这次还不敢公开屠杀，因武汉还未失败。省委决定我不要去武汉，要我到吉安去做农民运动。我就藏在省委机关暂住；适彭湃同志也来了江西，我们不期而遇地同住了几天。

就在去吉安之前几天，我与我的妻——缪敏同志结婚。我们的婚礼很简单，只是几个同志吃了一餐好菜饭就算了。

自北伐军到江西以后，我是做了近十个月的公开工作。现在细想起来，深觉得那一时期的工作，既无明确的政治路线，又无一定的工作方针，虽然也是一天忙到晚，但是没有忙出一个什么好名堂来！那时的工作，可以说是上层的而不深入下层；是空空洞洞的而不实际化！是带着腐化享乐的倾向，而没有艰苦地去进行工作——总之，是机会主义的，而不是布尔什维克的。这样的党，这样的工作，哪里会积集起雄厚的力量，去打倒阶级敌人，去达到革命的最终胜利？所以暂时的同盟者，一翻转脸皮，说句假客气的话：“欢送你们共产党同志出境！”你就只得很快滚蛋了！

别了，南昌！汽笛一声，我坐着小轮船向吉安前进。

十一、吉安一带的减租运动

“二五减租”，本来是一个最低限度的改良主义的口号；但北伐军到了江西，已经一年，就连这一最低限度的改良主义的政策，也未见实行；政府并没有发布明令，说要实行“二五减租”，实行“二五减租”，不过仍是壁上贴着的标语上的一个口号罢了。这种口惠而实不至的空头支票，欺骗农民，多么使农民群众失望啊！

我从南昌秘密到达吉安的时候，正当着秋收要交租了；于是，我在党的决议之下，经过农民协会的组织，深入群众去进行减租运动。

我到达吉安、吉水、莲花、安福四县工作，在这四县，都召集过农民代表大会及农民群众大会。我曾经进行这几县农民耕种土地的用费和纳租额的调查，结果，发现农民租耕地主的一亩田，若将人工、牛工、谷种、肥料各项费用，总算起来，如果这亩田的收获物，全部归农民所有，农民是可以获得一些利润的；但从收获物中，缴去对成或六成的地租，则农民所得到的，一律少于他所用去的，就是说，农民租耕地主的田，一概都是要亏本的。亏本的多少，因地不同，有的地方每亩田要亏本七八角钱，有的亏本一块多钱，有的更亏本一块半钱至两块钱的。这亏本数字由何填补，我在第一段里已经说过了。吉安一带农民用以填补亏本数的方法，正是与弋阳九区农民所采用的方法，不约而同。那么，这一带农民群众生活的痛苦，当然是无须描述了。

我在农民代表大会与农民群众大会上，不必说什么理论，只把这种地主剥削农民的实际情形，用通俗易懂的话，具体地说与他们听。我在详细说明了这样情形之后，我再做一简短的结论：

“同志们！我们贫苦农民，做牛做马替地主耕田，就算不望赚得什么，至少也不应该让我们亏本！过去我们糊涂一生，不会打算，替地主耕田，还要替他们赔这么多的本钱，天下应该有这样的道理吗？我们农民越做越穷，越做越苦，从前，总以为是八字坏，命根苦，现在晓得原因在哪里了——我们没有土地呀，我们租耕地主老的土地要亏本呀，这就是我们一天一天穷苦下来的最主要的原因！现在的减租运动，当然还远谈不上‘我种出来的东西，应该归我所有’——农民将来一定要做到这种地步，才算得到解放了；现在只是要求替地主耕田不亏本罢了！”这些话，每每能够提起农民群众对地主阶级剥削清楚的认识，与激起他们深刻的仇恨。于是会场的空气热烈起来，到会各色各样的农民们，都表现出不能再忍耐下去的愤怒态度，散会时的口号，吼得特别洪大！

为着“二五减租”，成千成万的穷苦农民，都托起旗子，带着武器，起来示威游行了！他们的队伍，常常拖长十余里，洪亮的革命口号，从他们队伍里怒吼出来！是的，他们不但要求减租，而且要求土地，要求根本毁灭豪绅地主的封建剥削制度，他们要从重重的压迫下，站起来伸一伸腰儿，做个自由的人！

在广大农民群众雄赳赳的游行示威下，一班社会的吸血鬼们，平日不劳而食，作威作福，到此时，都纷纷逃走了，这时候不但减租，根本就没有人敢来收租了。

直到大革命失败后，豪绅地主反攻过来，那时不但全部收了租，而且将在减租运动中出头一点的农民，捕捉和屠杀了一大批！

在吉安一带两个月的工作中，我才算真实地实习了群众工作，我学得了怎样去宣传、组织、领导群众斗争的方法；回忆在省农民协会批批公文的工作，不过是官僚的工作而已，真没有什么意思。

在此，我要纪念莲花县的一个同志，他姓朱，因年久忘记了他的名字。他当时是莲花县的支部书记（党在莲花，当时仅成立了一个支部），很积极在该县工作。在我离开莲花县的第二天，湖南方面的罗某匪军，进攻县城，他从城里逃出来，走到离城十里的一个亭子边，遇着了一个劣绅，嗾使[①]几个痞棍，将他

① 嗾（sǒu）使：指挑动指使（别人做坏事）。

就绑在亭子的柱头上剖肚控肠地杀死了！他若不死，无疑地会成为我们党的一个得力干部。情形一天一天变得不佳了，国共分家的消息也传到了，我们当时自然没有什么办法想，只是加紧去做群众工作。

因消息封锁，连“八一南昌暴动”[1]，我们都不知道，江西省委确实是糊涂得很，政治上如此重大的变化，事先都不派个交通送封信给吉安的党，让我们睡在鼓子里。当时，扎在吉安的，为白军第七师，该师师长王均，不动声色地以开联席会为名，将吉安总工会委员长梁同志和县党部商民协会的两个同志（都忘了姓名）骗去杀了；又派军队将农民自卫军包围缴械，形势遂突变严重，吉安的党，不得不转入完全秘密状态了。

我原要去永新工作，永新的地主豪绅正在带着他们的军队，进攻永新城，吉安的党派我去指挥安福农民自卫军，打退他们，各项都准备好了，至此遂不果行。

我避在吉安乡村一个农民家里，住了十几天，找不到吉安党的机关，觉得尽这样住下去，不是个道

① 八一南昌暴动：八一南昌起义。

理，乃决计回弋阳活动。

那时，大概是一九二七年八月中旬。

十二、“重起炉灶，再来干吧！”

自国共合作以来，共产党员为国民革命所尽的力，所流的血，所付与的牺牲，不可谓不多了。正因全国共产党员和青年团员在群众中的努力工作，使全国广大工农劳苦群众同情和参加国民革命，又因得到无产阶级国家大力的帮助，国民革命的势力，才能在很短时期内，由统一两广而伸长到中国的中部。只因当时共产党中央，为陈独秀不可救药的机会主义统治着，不执行共产国际的正确路线，不争取革命领导权，拿到无产阶级的手里；而对于不能彻底革命的民族资产阶级，事事退让，拱手将革命领导权送给它，结果，民族资产阶级畏惧工农革命势力的发展，乃中途叛变革命，投入于帝国主义的怀抱中，与中国封建地主阶级结成反革命的联盟，来进攻革命。第一次大革命就因此失败了。昔日在革命运动中努力拼命的共产党员，到此，被捕的被捕，逃走的逃走，坐牢的坐牢，杀头的就更多了——这就是血腥的清党运动！有些在大革命时，企图升官发财而混入共产党的投机分子，现在原形毕露，纷纷登报声明脱离了；另有一些懦怯分子，对反革命的屠杀恐怖，对革命前途悲观失望，躲藏起来，消极不做工作的也有，逃入寺庙去当和尚的也有——这也可以说是共产党内部的自然清洗。只有那真正坚决革命的共产党员，仍继续不懈地奋斗着。这一次，共产党的组织，是遭受了极大的破坏，党员牺牲不小；工农群众由地主资本家的反攻而被屠杀的更不知有多少万人！至今想来，这只机会主义的陈独秀，你造的罪恶也不算小了。

我自一九二二年参加革命，到一九二七年，共有六年，都是做国民革命的工作。在这六年过程中，虽因肺病纠缠，当然妨害不少的工作时间，但只要有一天病好，我就得积极工作一天；此时，国共分了家，从前在一块做工作的暂时同盟者，现在都现出狰狞的反革命的脸孔来了。不好要的，一见到他们，就要被他们一口吞了去，就要死！不是朱培德欢送去武汉的时候可比了，要找个安全的站脚地，都是很困难的了。

然而，我是一个马克思主义笃诚的信仰者，大革命虽遭受失败，但我毫无悲观失望的情绪。我当时还不了解这次失败的根本原因，而只认为是党不注意武力的争取；他们有军队有枪，我们不要军队不要枪，于是他们的枪头向我们倒下来指着，我们自然要逃走了。假若我在省农协工作时，中央指示要组织军队，那江西八十一县，每县组织一营农民自卫军，是很不难的；有了八十一营农民自卫军，朱培德欢送我们出境，请我们滚蛋，我们倒要先欢送他，叫声“朱先生，请！你滚蛋！”了。就在现在，我们有了相当的武力，他们反革命要杀我们，我们就和他们对杀一场，看他们又能怎么样？！我这种思想，当然是有理由的，这种不要武力，并自动解除武装，缴武汉工人纠察队的枪给敌人的错误，是这次大革命失败的一个非常重大的原因！但这错误的来源，还是由于陈独秀可耻的一贯的机会主义的路线而来的，这是我没有懂清楚的，我只简单地专看到“不该不要武力”这个问题罢了。我越想越气，越激愤！

虽然如此，我又想转来了；这次的失败，只能是暂时的，中国革命的复兴，革命新的高潮，必然要很快到来的。“资本主义的社会，必然要覆灭，代之而起的，必然是共产主义；反革命必然要失败，革命一定要得到最后的胜利。”这是绝对的真理，同时，这也是我的基本信仰。好吧！错误是错误过去了，失败是失败过去了，算了吧！重起炉灶，再来干吧！

我把好一点的衣服脱下来，同人家换了几件破烂的衣服穿上，化装成了一个什么样子的人，我没有照镜子，也不知道了，只是这样化装一下，一定与原相是有点不同了。我背起包袱，穿上草鞋，一个人独自走回弋阳。途中是经过了一些困难，也遇着一些有趣的事，如果是小说家用文艺的手腕描写出来，倒是一篇好小说，现在我是坐在囚牢里，是没有心情去写了。路上走了十几天，在一个晚上更深人静的时候，摸到了家。喊了几声门，把睡着的父亲母亲喊醒了，他们打开了门，让我进去。“呀！你回来了！”这是我母亲第一句话；接着，我家里的亲人和村中的农民，都来看我。看到我穿着一身破衣，知道我是化装逃回来的，大家不免有点惘然之意。我嘱咐大家要守秘密，不能在外面谈说；大家都说："这个自然。"我就躲在房里不出来，连吃饭也在房里。

潜伏各地的同志，一个一个被我派人去叫来了。

大家开了一个会，一致反对悲观动摇，灰心消极，认为"重起炉灶，再来干吧！"是对的。因决定从下层群众做起，不要怕艰苦，乃分头到各村去活动，在七天内，居然组成了二十几个党的支部，群众团体，也组织了同样的多。这是因为弋阳九区的群众，在早就受了不少的革命影响，北伐军到江西后，很快就组织了农民协会。第一件事，自然是打土豪劣绅！巨绅张大纲是捉起来了，其余的土劣逃的逃，罚款的罚款，都给了他们以重创！李烈钧的军队退到赣东时，土劣就请了一营人进攻九区，九区集合了五千农民同他们作战，第一天把他们打退了，后因指挥无人，大众溃散，被李军烧了二十几村房屋。漆工镇就在此次烧得精光。群众心里，是永远怀恨不忘的，这次有人去宣传组织，所以他们就很快组织起来了。

检查我们的武装，实在太少了，力量太不够了，乃决定我去鄱阳搞些枪来。鄱阳原有一个警备团，有枪一百支，团长为共产党员胡烈同志，可以说该团是共产党的。我从吉安回弋阳时，途经鄱阳，曾在船上找到鄱阳的同志来说话，要他们将警备团带到弋阳去，以保存实力。他们答应可以，所以我这次去鄱阳，满以为可以将该警备团带来，至少可带来一半；哪知到了鄱阳，那班名为共产党员而实则反动派的鄱阳老，早就以牺牲警备团为与劣绅妥协的条件，将警备团断送了。胡烈同志撤了职，警备团里面的党员悉行开革，革命的警备团，现在变成豪绅地主忠实的守门狗了。我虽然气得要命，但亦无法可想。随后还是争红了脸，说了“你们把枪送给县衙门，就是反革命！”才勉强将存在一个负责同志家里的十支枪拿得来，他们还准备将此枪送还鄱阳县衙门，以清手续呢！鄱阳那些假革命分子，以后都变为改组派姜伯璋的爪牙，破坏革命，不遗余力。

在鄱阳会到省委派来的特派员，听到了他关于中央“八七紧急会议”经过的报告，才知道在共产国际指导之下，党已经严格地指斥陈独秀先生异常有害的机会主义的路线，这一路线将中国第一次震动全世界的大革命，活活地断送了。党重新决定了正确的策略，决定了“土地革命”的口号，决定秋收暴动等。我听到了他的报告，好不满心欢喜！

我急速将十支枪运回，准备秋收暴动，计划先攻下弋阳城，即以弋阳县为根据地——这当然是一种幼稚的盲动主义的幻想。

从此，我开始进行土地革命的斗争了。

在此以前的六年，是我为打倒帝国主义打倒军阀的国民革命而努力的时期；在此以后的八年，直至这次被俘为止，则是我为反帝国主义的土地革命，为苏维埃革命而奋斗的时期。

十三、秋暴未成村先毁

在前说过，弋阳九区大劣绅张大纲，早就与我作生死对头，九区青年社曾经和他打了一年多的官司，早说过是我们打输了，因此，两下结下了深仇。他在当时，讼我们最大的罪名，就是说我是赤化党，想要造反，这在北洋军阀统治下，确是一个不好玩的要杀头的大帽子！当北伐军到了江西，他当然是一个明明显显的

反革命、大劣绅，是半句话也没有说的。弋阳县的同志们，就把他捉起来了，捉到的时候，有个被他诬陷坐牢的同志，还打了他几个耳光以泄愤。后解来南昌，押在高等法院，“八一暴动”时，他却乘乱逃出来了。他是非常阴险凶恶的人，他既出来了，哪能让过我们不报仇。就在这时，他运动了一营白军，来进攻我们。

恰当我们召集了各村的农民代表会议，是讨论秋收暴动问题，会尚未开成，而白军已离开不远。我们虽有了十几支枪，但还没有组成队伍，都是分散在各农民手里，自然没有抵抗力量，只好各走各的散会了。

白军进攻的第二天，就到我村放火烧屋。我村家家都放了火，但放火后即开走了；群众躲在山上，看到白军开走了，马上一拥下来救火。还算灌救得快，救起了一小半，八十余家中，就有五十余家被烧个干净！被烧了屋的群众走回家来，不见房屋，只见一片断墙碎瓦，哪能不伤心！女人们都大哭起来，边哭边骂；男人都咬牙切齿，指手顿脚地骂劣绅，咒白军，要与他们拼命。由此，可见用杀人烧屋的手段，去镇压群众的革命，不但无效，反而更激起群众深刻的仇恨，而使斗争加剧起来！

后来，每一次白军进攻，都在豪绅地主绝望的报仇心理指使之下，大烧大杀，有些村坊，被烧过好几次。我村除瓦屋烧完，茅屋还烧了四次。因此，引起群众几年不断地持久斗争；因为群众被烧了房屋，一方无所挂虑，另一方想起来就心痛，所以更加拼命斗争了。

我知道无力抗敌，又毫无斗争经验，乃与几个同志和十几个托枪的农民，到登山村暂避。登山村为一个四山包围的村落，有百余户，多靠做草纸营生，生活很苦，对革命很坚决，全村房屋也是被白军烧得一栋不剩的，这是我们一个可靠的革命村坊。我们暂避于此，布置着去怎样斗争。

由登山向北走五里，就到了磨盘山，这是一座大荒山，山上尽是些茂林修竹，只有一栋小屋子，是看山人住的，根本不能扎队伍。过去报纸宣传磨盘山如何如何者，多数系恶意的宣传，少数是以讹传讹。

我们在登山村住了两天，张大纲又领兵来围；我们早就得到消息，连夜离开了登山，让他们围了一个空。

计划的秋收暴动，算是受到打击没有实现了。

我因几日夜的过度劳顿，又受到刺激，吐血病又复发了。农民将我乘夜抬往一个亲戚家里去休养，整整地养了三个星期才复了原状。其他同志也都分散，运动一时成为停顿的现象。

我在病中，闻知同志们走散了，心里很难过，乃写信到各处找他们回来再干，并责备他们半途而止之非是（其实他们并无半途而止之心，也是缺乏斗争经验）。随后，他们都转回来了，领导农民群众再干，劣绅张大纲所请来的白军，大部分调转去县城，环境不像从前的严重，运动又重新发展。大多数农民群众的意见，是要与万恶的豪绅地主拼命到底！

十四、再到鄱阳

我吐血病好了之后，即再去鄱阳，到鄱阳县委去请指示工作；那时，弋阳的区委，是归鄱阳县委指挥的。我将各种情形报告之后，县委指出了我们的群众准备工作还是不够，所以受着白军进攻，就无力击退他。又以我在弋阳做工作，目标太大，惹敌注意，派我到横

① 弋阳区：现弋阳县。

丰去当区委书记，调黄道同志来当弋阳区[1]委书记。我经过县委的讨论后，更深深地感觉争取群众的重要，没有广大工农群众的团结，根本不会发生什么力量。

我从鄱阳匆匆回弋阳九区时，同志们已经干得很起劲，并还缴到敌人两条枪，大家更兴奋了。不久，张劣绅请来的白军，全部退走，我们就发通告，召集我们所能领导的农民群众，集中出发，攻击张劣绅所盘踞的根据地——烈桥。应召而到的群众，有三百余人，沿途临时加入的群众，则有三千余人；攻入烈桥时，张劣绅与其党徒，均逃遁一空。此役，张劣绅受了很大的惊慌，乃远逃南昌、上海，提个篮子卖些肥皂、洋袜为生，俨像从苏联驱逐出来的白党一样的穷途末路，后病死在外。从此，九区就成了赤色的九区了；斗争了八九年，始终坚持，成为赣东北苏维埃革命最巩固的根据地。

我依照党的决定，潜赴横丰工作，正是十一月中旬的时候。我到横丰的第三天，得悉我妻在鄱阳被捕的消息。因鄱阳那几个假革命分子的告密，机关破坏，共捕去三人，两个负责同志（忘记他们的姓名，只知道有一人是姓林的，四川人，做过江西省委组织部长），捉去第三天就枪毙了，死时极壮烈。我妻因年幼，又无确证，在狱四十余天得释出。

十五、横丰的年关暴动

横丰农村经济的衰败，农民群众的受剥削和生活的贫困痛苦，比较起弋阳来，有过之而无不及。我前已说过：天下老鸦一般黑，又岂独横丰如此，中国其他各地方，又何莫不皆然。在这样的地方，群众如此的贫穷、痛苦、怨恨，和急急的要求解放，爆发一个革命的暴动，乃势所必至之事。日益尖锐的社会矛盾，正如一箱火药一样，只要有根导火线，马上就要轰然爆炸的。

千千万万的农民，缺地或无地，自己亏本的租耕地主的土地，“锄头挂上壁，马上没饭吃”，终年辛苦种田，弄得自己挨饿受冻，不能得到最低程度的温饱，这种情形，能够永久继续下去吗？能够永久压制他们不起来反抗吗？能够永久压制他们不起来要求土地吗？这是做不到的，这是谁也做不到的。

现在国民党所有党国要人，不惜出卖中国，求得帝国主义大力的帮助，用飞机大炮、枪和刺刀，用各种他们能想到的方法，去“围剿”红军和苏区，想把全中国正在如火如荼的反帝国主义的土地革命运动，浸到血泊中去。谁能保证他们的幻想能够实现呢？谁能保证他们到最后不会落得一场空忙碌呢？哼！你想消灭革命？量量你自己有多大力量，你能不能够消灭中国千千万万工农群众的贫穷？你若能够的话，那也省得你劳力，革命包管不会起来；你若不能够的话，那任凭你怎样“快干、实干、硬干”，终究干不出一个什么名堂来，譬如打火一样，这里还未打熄，那里，那里又都燃烧起来！哼！我还要问问你，你想消灭中国共产党？也要量量你自己有多大力量，你若能够把中国千千万万的工人农民，杀个干净，自然共产党就没有了；但是，不怕你的屠刀多么大，多么快，想杀完中国的工农，是做不到的；那么，就算你再怎样残暴不人道，捉到共产党员就杀，我可以肯定地说，杀了一个共产党员，还有几十几百几千几万个新共产党员涌现出来，越杀越多，越杀越会顽强地干！

历史注定了你们反革命一定要死灭，无出路，革命一定要得到最后的胜利！

话太说长了，还是转到本题来，谈横丰的年关暴动吧。横丰像一个革命的火药箱，我毫不讳言的，我是燃线人，我走进横丰，把这火药箱的线点燃着，火药爆炸了——革命的暴动很快就爆发起来了。

我到横丰，首先找到黄道同志，他是在“八一暴动”后跑回来隐藏在家的。我将许多情形对他说明之后，我们召集了一个会议，讨论了横丰工作问题。他介绍了横丰的同志给我认识，他也就到弋阳九区做工作去了。

正当大革命失败之后，横丰的共产党员和群众，都受到反革命相当的打击，有的罚过款，有的才从福建逃回家来，情绪不免低落了一些。而且我们提出平债分田的口号，又没有前例可见，究竟做到做不到，不免引起群众的怀疑。他们说：“欠财主老的债，会让我们平了吗？地主老的田，会让我们分了吗？靠得住做到吗？”有的还说：“你是不是有谕子来的？没有谕子来，就是犯法的。”

经过我刻苦耐烦地解释，一而再，再而三，总和他们详细地讲，不使他们听懂了点点头不止。

好了！在几天之内，居然被我说服好几个群众了！他们在被我说懂了之后，说："照你这样说，革命是会成功的。"我说："当然的。"我嘱他们照我一样的话，去向村中别的穷人宣传，并邀集起来结团体。经过他们"你邀猪仔狗仔""他邀大仔细仔"的邀集介绍，没得一两天，就邀集三十四个人。他们来通知我晚上去他们的村里开会，把团体结好。我与他们开了会，说得这三十四个人都高兴得很。在会中我说："没有钱用，欠了财主老的债的同志有几个，请举手"，三十四个人一齐举起手来；我又说："自家没有田种，向地主老租田种，交租给地主老的有几个，请举手"，大家又一起举起手来。他们举过了手，嘈杂地说："哪一个不是穷的，不穷也不来革命了。"随后，我又问："大家赞成平债分田吗？"大家一齐举起手来，齐声叫道："赞成啊！"大家放下手来，你望着我，我望着你，都说："这个还不赞成？！我们吃尽了他们的亏！"

于是一个一个地宣过誓："斗争到底，永不变心！”在红纸名单上自己的名字下画过押，喝过一杯酒，一组一组地编好组，选出团长、委员，这村子的农民革命团，就算是组织成立了。

当时，我们认为农民协会的这个名字弄腻了，故组织农民革命团；凡村中的工人、雇农、贫农、中农，都可以加入，是农村工农群众统一的联合组织。主要的口号，是打倒豪绅地主，实行平债分田，建立工农政府（还没有提出建立苏维埃政府的口号）等，这些口号，很能吸引劳苦群众来参加革命。

一村的农民革命团组织起来，即由这一村发展出去，不上十几天，三四十里内的村坊，都逐渐有了农民革命团的组织了。农民革命团一经建立，这村中的权力，即暗地转入于这些有组织的群众之手；从前村中的叫鸡公、富老板，都没有人齿他，退居一隅了。

有些工作同志太幼稚，不知道怎样去开会说话，我就带他们一路去开会，叫他们坐在旁边听着看着，如此几次，他们也学会了宣传、组织群众的办法。分派他们在各地进行工作，各地的农民革命团也逐渐建立起来。

中国旧历年关，正是工农劳苦群众最难过的鬼门关。那时正当旧历年关迫近之时，豪绅地主都纷纷向工农群众逼租逼债。起初还设词拖延，愈逼愈紧，无法尽着拖延下去。于是各村农民革命团的群众，每天都有十几班跑到我跟前来催问："什么时候暴动呀？""还早啦，准备还不够的很！"我答复他们。"赶快动手，实在忍不住了，要逼死人啊！"他们再三说。总要和他们说许多话，才把他们说回家去。但过了几天，他们又来催问："为什么还不下命令暴动？"

现在来叙述一下横丰暴动时的故事，事情是这样发生的：横丰留德兰家的农民革命团长，是张长金同志，是一个性情暴躁的人，学过了一些武艺，力能敌住两三个人。他与他同村的几个人，用土法开了一个煤洞，每天钻进洞里去挖煤，好的日子，可以挖出两块钱煤来，不好的日子，只能挖出块把钱的煤。为着每天一两块钱的煤，要脱得一身精光，在漆黑无光、水蒸汗臭的煤洞里，过上十几点钟，挖的挖，拖的拖！爬出洞来，满脸满身的乌黑，真不像个人样，倒像个黑鬼了。这样赚得来的几个钱，真是一文钱，一滴血！横丰县衙却要每月都来抽他们的捐，怎叫他们不痛心呢？

有一天，县衙门来了一个收煤捐的委员，到他们茅屋的煤厂里坐下。这委员的神气，十分骄傲，眼睛朝着天不理人，这是他向来如此的，用不着怪；今天，委员到厂里坐了一下，就有点冒火的样子。

在从前，收捐委员到厂来，真算是贵人下降，那还了得！挖煤的黑鬼们，哪一个不是恭恭敬敬地招呼他；倒茶的倒茶，送烟的送烟，忙个不了。就算委员喝惯了又香又嫩的茶叶泡的茶，哪会喝煤厂里有气味的粗茶；吸惯了很好的香烟，哪会吸黑鬼们吸的旱烟；但黑鬼们总得如此做，不然，那就算不敬了。至于捐款呢，不劳委员开口，有钱赶快拿出，双手捧上去，还要说："有劳委员走路，真对不住！"没有钱，就更得嘻皮笑脸地向委员赔小心，说好话，恳求委员宽限几天，准会送县缴交。今天却不同了。黑鬼们有了组织了，几千人结成了革命的团体，债要平，田要分，捐税那还不要废除！有了团体就有了力量，县官都要杀，哪怕你这个什么鸟委员。所以在委员进厂来的时候，烧锅的黑鬼，就看到像没有看到一样，睬也不睬他，只向煤洞里喊出那些挖煤的黑鬼。他们爬出洞来，也不睬他，只管自己坐的坐，吸烟的吸烟。这样情形，委员哪能忍耐得住，哪能不七窍冒火地发起怒来！

“你们每月五块钱的捐，不按期送县缴纳，还待我来催！”委员大声说，脸上都发红了。

“近来煤出得不旺，凿进一洞又一洞，尽是些石壁烂皮！”一个黑鬼一边吸烟，一边懒懒地说。

“我们官府，哪管你们那些，我们只是要捐！”委员说。

“没有煤，我们饭都没有得吃，还有钱交捐吗？你这个人讲的话，全不懂道理！”张长金忍不住大声叫起来。

“呵！原来你们还抗捐不交。我也听到你们这里结党要造反，现在是很清楚了。看！我回衙门报告，明天就把你们一齐捉进牢里去，坐到头发三尺长，你们这班狗东西！”委员高声骂起来。

“你说哪个是狗，你才真是狗！不交捐，咬我的卵去！”张起来回骂。

这一气，气得委员非同小可！他立刻跳起来，赶上去照着张的脑壳一拳打下去。张是个活手，早将来拳格住，顺手向委员的肋夹下一推；委员是个斯文人，官架虽大，力量很小，哪里经得住张的猛力一推，早已两脚朝天，滚倒在地上。委员毕竟是官场中人，善识风头，看到今天势风不对，再不知机，必定还要吃大亏。就很快翻身从地上爬起来，急向外跑。一面跑，一面喊："你们抗捐不交，还要殴打委员，看！明日派兵来捉你们这些狗！"

"咬我的卵！咬我的卵！……"张还在回骂。

委员边走边骂地走远了。

黑鬼们不免有些后悔起来，今日这样的粗莽，恐怕是惹出大祸来了。看今天的样子，委员是不肯甘休的，明天县衙门定要发兵来，兵一来不是好耍的，不是家破，便是人亡。张团长呢，毫不畏惧，用拳头往胸前一捶，说："怕什么！组织农民革命团是做什么用的！打起锣来，召集各村的革命团的人来，追上去把那委员捉回来，杀了去，就没有人去请兵来了。"

黑鬼们都赞成张的意见。大家就飞跑回村，找到一面铜锣，就大敲起来。一面敲锣，一面高声喊："革命团的人都快点来，去捉那只狗委员，他要请兵来捉我们革命的人。"

各村组织好了的农民革命团团员，在家里的或在田坂上做工的，听到锣声和喊声，都一齐托梭镖的托梭镖，拿大刀的拿大刀，立刻集合了四五百人。就拼力赶上去，哪里还赶得上，委员早已跑进城去了。

这伙人赶到离城几里的地方转回来，并不解散，集合到兰家村的祠堂里，杀猪煮饭吃，准备第二天真有队伍来，就同他们杀一场。

那时，我回到弋阳九区开会去了，他们连夜派人来赶我转去指导他们。来人将情形告诉我之后，我立刻动身转回横丰。

我刚到达兰家村，大家就围拢了来，我看看是有千多人。我知道这一暴动，准备还不十分充分，但事已至此，年关快到，是不能再按捺下去了。当他们围拢过来向我问："同志！怎样办？"我答说："照往日开会所讲暴动时应该做到的事，努力做去，暴动吧！"

在这一晚上，群众都拿着刀枪绳索，自动地到高利贷者地主的家里去取回借字契据。平素，他们一升租谷一文利钱都不肯让的，这时，却驯驯服服将借字契据全拿出来，交给暴动者，并假意说："革命也是好事啦。"

当晚，我发出各地同时暴动的通知，如葛源、青板桥等地，也都暴动起来。

自我到横丰开始工作至暴动之日，共只有二十五天，暴动的范围，却占了横丰全县的一半地区，参加暴动的群众有五万余人，这可见工农群众要求革命的迫切！我们就在这时，听到了“广州暴动”的消息，心里非常兴奋！后来又听到“广州暴动”被改组派的军队联合英帝国主义的兵舰进攻而失败了，改组派在广州屠杀工人五千余人，心里又非常愤恨！“广州暴动”，开始了中国革命的苏维埃阶段，从此，我们是为苏维埃革命而奋斗了。

横丰暴动，支持了两个多月，全是武装的暴动群众的力量；横丰城扎了一营兵，不敢出城一步，我们还经常到城边去放炮示威，而我身边所带到的，只有一条半截的套筒步枪。

两个月后，才有白军两营来进攻，因种种原因，这一群众的年关暴动，就在白军进攻之下，暂时被镇压下去了。这次暴动失败的原因，主要的是——

第一，当时我们还没有建立起红军。我们虽有二三十支枪，都还是分散的，没有组织队伍，根本没有什么战斗力。没有红军，是可以组织和爆发一个群众的暴动；但是在暴动之后，不积极去建立坚强能战的红军，无论如何，暴动是不能长久支持下去的。

第二，土地问题没有迅速解决，田没有着手去分配，就不能巩固群众坚持斗争的决心。

第三，党的工作太不够了，党的领导机关尚未建立健全，形成了个人的领导。有许多暴动村坊，有了群众的组织，尚没有党的组织。

第四，领导者的幼稚和缺乏斗争经验；白军一进攻，就想不出更多有效的斗争方法，且表现惊慌不沉着，离开了暴动区域。群众失掉了领导者，自然不能继续斗争。这种错误，当然都是我的错误，以后经常想到横丰年关暴动的经过，总感着极大的警惕！

这次暴动，虽然是暂时失败了，但给了群众许多实际利益——如平债分谷分财物等，消灭了一些为群众深恶痛恨的豪绅地主，使群众认识自己团结力量的伟大，革命的实际教育，已深入于群众的脑中，为后来争取横丰为根据地立下基础。

这里要附带讲的，就是邵式平同志在横丰暴动之前，曾来过九区开过一次会；会中决定去弋阳七区活动，未得成效，到此时仍回九区。大家又决定派他去横丰接替我的工作，我留弋阳工作。

十六、一九二八年的艰苦斗争

一九二八年为我们极端艰苦斗争之一年！此时，我们的根据地，只有弋阳九区四十余村，与横丰十余村，纵横不过六七十里。军队虽然是组织了，但枪支不多，子弹缺乏，特别是军事干部的缺乏，我们拿住三个在白军内当过几个月兵的人，来做我军的队长班长，军队当然没有什么战斗力。进攻我们的白军，总是两营或一团，欺我军战斗力弱，每村少仅一排多则一连的驻扎，差不多将我们全部所有村庄都扎满。并且天天派队围山搜山，弄得我们不但无扎机关之处，连藏身地也难找到。日间不能走路，要在夜间悄悄地走；大路不能行，要找偏僻的小路走；房屋不能住，要躲在树林里、岩石下或水沟里的茅棚里去住。一天要跑几次兵，晚间躲在茅棚里睡觉，也得留心警戒，稍一不慎，就有被敌人打死或被俘的危险；环境的险恶和困难，是无以复加。

但是，我们是为着主义的信仰，阶级的解放，抱定了斗争到底的决心，所以生活虽然痛苦，而精神还是非常愉快的。愈艰苦，愈奋斗！愈奋斗，愈快乐！有时，我们受着白军的追逐，飞快地爬山越岭；一脱离白军追逐时，我们又唱起革命歌来了，又找到群众开会谈话了。

在那种环境之下，我们能继续斗争，而不至于失败，是有下列几个原因：

一、我们当时的群众工作，是做得很充分的。我们是亲密地与群众联系在一起，大家都是家人兄弟一般。群众不怕受着白军怎样的摧残（这种摧残是异常毒辣的，要叙述出来，是要写一大篇），仍然斗争不懈。群众的房屋被烧毁了，饭锅被打破了，只剩个半口锅，用三个石头搁起来弄饭。我问他们："同志们，很苦吧！"他们总是这样答复："不要紧，革命成功了，就有好日子过了。"群众既如此坚决地参加革命，拥护我们，白军当然不奈我们何。

二、弋阳九区一带，不但地形很好，而且粮食也不缺乏，故能与白军周旋几年，不至失败。

三、就是白军的内部冲突，在一九二八年，军阀混战，经常发生狗打狗的，打了一回又一回。每打一回，进攻的队伍就要调走一次，给了我们休养整理的时间，就算这时间很短，也是很可宝贵的。这对于我们是多少有帮助的。

最紧急最困难的时候，要算是这年的五月了。白军来一次大举进攻，想一举歼灭我们，敌人把我们重要的村庄都占据着；我们的军队，还是经不住战斗。群众躲山过久，随身带的粮食吃光，也难得再支持下去，这时候的形势，确是十分危急！于是我们领导同志，都在一个名叫方胜峰的和尚庙里集会了。会中，有几个同志主张将队伍拖往白区跑，我与另几个同志，则坚决反对这个主张。我们认为有群众基础的地方，尚站不住脚，拖到没有群众基础的地方，还能存在不被消灭吗？而且，我们一跑，群众失掉了领导者，革命运动就要立刻失败。经过详细的讨论，都认为逃跑主义是错误的，乃决定好几种斗争方法，分头去进行。好得很，我们依照会中决定的方法去斗争，都得到一些新的胜利，局面又重新开展了。这次会议，的确是赣东北苏维埃革命运动的一个重要会议，如果这次决定逃跑，赣东北革命运动至少要有一个时期的停顿，说不定干部和队伍都要受着损失。

在渡过了这个难关以后的几个月，白军有时进攻，有时又退出去，我们没有得到发展，也没有受到损失。十月尾，我潜赴湖口，出席江西全省党代表大会，这次大会，是紧接着第六次全国党代表大会之后而开的，讨论了并决定了好几个重要问题。

我会毕回来之后，得悉由于邵式平诸同志对士兵运动的努力，有七十余名白军士兵，哗变来当红军。这不但突然增加了我们一倍以上的武装，而且给了我们一批中下级军事干部，使原无多大战斗力的红军，逐渐强大起来，而成为能战的红军——这就是红十军的基础。后来，这些干部，经过长久的锻炼，都成为红军的高级干部，如颜文清、匡龙海同志，都做了我们红军的师长，其余当任团营长的很多。他们历次作战，都很坚决勇敢，立下了不少可敬的战功。

在这年末，靠近九区的德兴磨角桥一带地方，有三十几个村坊的工农群众，举行年关暴动，成立了苏维埃政府，我们的苏区根据地，扩大了四十余里。

艰苦险恶的一九二八年，终于挣扎过去了。无论在苏区方面，红军方面，白区工作方面，都得到了一些新的发展，虽然发展是不大的。

十七、击破了砍树运动

为要一举扑灭这一小块革命根据地，广信、饶州十余县的豪绅地主反动派，组织联合“围剿”。他们认为我们藏身之地为山林，如果树木砍光了，红军和群众都没有藏匿之所，那就不难一网打尽了。因此，这次联合“围剿”，特别着重砍树！

在各地各村，或用威迫，或用钱买，开始去组织砍树队，这是一九二九年五月间的事。他们准备组织好几万人的砍树队，几天工夫就把九区的树木一齐砍光。他们下了严令，各村都要组织砍树队；凡加入砍树队的人，每人要备柴刀一张，锯一把，米几升。砍树队出发之前，由各村不愿或怕当砍树队的人，凑出钱来，送给砍树队，每人至少二十元。出发之后，砍树队如被红军打伤，每人赏洋一百元；如打死了，则得偿命钱三百元，为了组织砍树队，闹得乡村中鸡犬不宁。以弋阳县做得最起劲，其余各县，虽有成议，表现冷淡。

由于弋阳县官和豪绅地主们的威迫利诱，确也组织起砍树队六千余人，声势确也不小。

我们对于砍树队的策略，是派了很多人打入砍树队，从内部去活动。一面宣传同阶级相残杀的错误，工农不打工农，穷人不打穷人，启发他们的阶级同情；另一面即宣传红军打仗，十分厉害，进九区去砍树，一定要被打死，难有生望。砍树队经过这样的宣传，十分的劲头，已软下了八分，都怕有进无出，有去无归。有些人就愁生哭死地要退出砍树队；有些人则怀着这样的想头：跟进去试试看，红军真打来，拔起脚跟跑就是了，这笔出发费总是稳得到了手。

七月间，联合“围剿”开始了，砍树队也跟了进来。

但是，这次砍树队来的步骤，极不整齐，有的先来，有的后到；有的到了半路就走散了一半；有的是自己打谣风自吓自地跑光了。如弋阳四区的砍树队一

千余人，集中在一栋祠堂里睡觉。半夜时分，有个睡在戏楼上的砍树队员，起来撒尿，将尿撒在楼下的壁板上，撒得沙沙地响。就有一人从朦胧的睡梦中，跳起来大喊："不好了，红军打来了！"这一喊将满祠堂睡着的人，一个一个都惊醒了。大家也摸不着头脑，也不问情由，向着门口就跑！就钻！就挤！于是你挤我，我踏你，人堆人地压倒在一地，弄得狂喊救命，哭声连天！后来看到红军并没有来，好容易一个个地爬起来，查问原因，才知道是人心惶惶，听到尿撒在壁板上的沙沙声，就说为红军的枪声，以致混乱一场！检查一下人数，有三十几个人受了伤，被柴刀割破了脚的，被梭镖刺破了腿的，被铁锯挂破了手的，受伤的人，鲜红的血流出来，呼娘喊爷地叫痛，不免叫他人看到心寒！大家就纷纷议论，认为尚未出兵，先就伤人，一定是凶多吉少，不如逃走，以免送死。于是各溜各的，一下子就溜得一个人也没有了。

弋阳方面的白军和砍树队，开进九区以后，只是放火大烧，烧了十几村的房屋，并未动手砍树。因为连绵不断的山，遍山的树，要砍从何砍起，砍光更谈不上。这时，设计砍树剿匪的军师们，才知自己的不高明。同时，白军跟随着几千没有组织好的农民，不但吃饭为难，就是作战也很不便的。白军在九区扎了两天，就慌忙地退走了，我们红军已赶回来，埋伏在要口上，开枪一打，白军倒有些战斗经验，不太着慌，可怜那几千名砍树队，吓得在地上打滚，好几里地上的草都滚茸了！白军边打边退，退到弋阳城。除伤亡三十余人外，柴刀、铁锯、梭镖，抛弃了不少。

劳碌了几个月的砍树运动，至此全被击破了。

十八、弋阳的赤化

在白军进攻十分紧张的五月间，党决定我为弋阳县委书记。这时候，在弋阳地区不能找到一个开会的地方，县委和区委联席会议，都移到德兴一座高山上群众躲兵的茅棚里去开。（群众为要躲避白军的屠杀淫抢，统在高山上打茅棚住，平日无人到的高山，至此，男男女女，分棚而居，俨成了一个热闹的村落。）但是全县工作同志，在县委领导之下，斗争精神都极紧张热烈，都是不分日夜地拼命工作，我自己自然兴奋得很，通常是每日做十四小时的工作。除了吃饭走路，全部时间，都是开会演说，与群众谈话写文件，总要弄到非常疲倦不能再挨下去的时候，才去睡觉。记得有一次开区委训练班，开了三天，每天我都讲课十二小时（那时县委只有我一个人在机关工作，其余常委都是担任旁的工作），上午讲四小时，下午讲四小时，晚间还要讲四小时。我倒越讲越有劲，而听讲的工农同志，反而有些支熬不下的，他们对我说："你有这样大的劲头，我们都弄你不过。"

不向困难投降，而要战胜困难；不怕生活艰苦，而要忍受一切的艰苦；不怕工农群众文化知识的低下，而要不惮烦地去说服，去教育，这就是我们当时的工作精神。用这样的精神去工作，所谓"至诚感人，金石为开"，群众哪有不被我们说服争取过来之理！成千成万的群众，都跑向我们这边来了。从前没有党的组织的地方，现在建立起组织来了；从前在豪绅地主欺骗压迫下反对革命的地方，现在都来拥护革命了；从前在九区周围有一条反革命的包围圈，现在是无形消灭了。从一九二七年的十月直至一九二九年的六月止，整整有一年零八个月，我们被封锁在这狭小的九区的铁圈里，不得伸展出去，到这时，党的组织，才由九区一隅伸展到弋阳全县，这真使我们快乐得很。

在击破砍树运动以后，群众对国民党政府的信仰，完全失堕了。“砍树！饭桶子的计划！”这是一般群众对反动派的评论。在党的领导之下，群众斗争的勇气提高了，又值秋收时节，群众不愿交租给地主，就掀起了弥漫全县的秋收暴动的风潮！弋阳在信河北岸的地方，全暴动起来了，建立起苏维埃政府。扩大了苏区一百余里，增加群众八万余人。只剩了一座弋城，还在反动派手里。信河南岸的地方，也建立秘密的党的组织。

就在这个时候，贵溪也起了几万人的秋收暴动，因为在方胜峰庙里会议的时候，就派了黄道同志秘密去贵溪进行工作，经过一年余的准备，乃成熟了今日的秋收暴动，恰与弋阳的秋收暴动相呼应着。

弋阳的工作基础，当然比较贵溪强些，为巩固贵溪的暴动胜利，党又派我到贵溪去工作。

我担任弋阳县委书记，历时共四个月。

十九、贵、余、万的赤化

我刚到达贵溪，就遇着白军从贵城来进攻这新暴动区，想一下子把它镇压下去。白军进攻时，到处烧杀淫抢，是他们的拿手买卖，到处皆然，不必细述。

当时，我们还仅有红军三连，就开去打，向前一个冲锋，已将白军的前卫击溃了；再冲上去，白军的水机关枪响了，冲锋的队伍，马上溃退下来。这是什么道理，难道碰着了鬼？原来我们这三连红军，自成立以来，有了一年半的时间，虽经过不少次数的战争，但作战经验究竟还幼稚得很，没有遇着过用机关枪的敌人，没有听过机关枪响，所以今天听到机关枪响，就惊慌溃退下来。不但没有缴到枪，反伤亡了七人，白军就进占了贵溪暴动的中心地——周坊。

红军在贵溪作战未获胜，乃开往横丰，攻敌弱点，没费什么大力，就攻下了横丰城，缴到一批枪械。

红军开走之后，我检查贵溪工作，知道贵溪同志都很幼稚，连普通的革命常识都还没有学到。我就替他们开训练班，从头教起，告诉他们如何去工作，如何去领导群众斗争。

训练班开后，所有工作同志都分派下去领导群众斗争，将驻周坊的白军用群众的力量围困起来。群众的斗争情绪很高，就是靠近周坊的村坊，群众也是在家眺高守夜，拿起武器斗争着，白军扎在周坊，不敢出村一步。

过了二十多天，红军又开来贵溪作战了。周坊只剩了一连白军和余江靖卫团。红军就决定进攻周坊白军。接火之后，白军全连人蹲在壕坑里应战，却让后面一座俯临壕坑的小山给余江靖卫团去守。红军派出一个连向这小山上冲去，还距离几百米，靖卫团就一溜烟逃跑了。红军占领了这小山，即向壕坑里猛射。伏在壕坑内的白军，听到背后打起枪来，还以为是靖卫团瞄错了目标，后看见山上插了红旗，知道是红军占领了这个重要阵地，乃急急退出战斗，但已来不及了，归路被截断了！红军从四面冲过来，白军都束手被俘。此役缴到一连步枪外，并缴到水机关枪一架。这是我红军缴获水机关枪的第一次。此次胜利，提高了红军的战斗情绪，从此不怕同有机关枪的敌人打仗了。

第三天，红军又在德兴梅溪坂地方，击溃了白军一营，白军虽带了三架水机关枪齐放，红军还是向前冲锋。白军溃退时，三架机关枪都丢在水沟中，可惜未寻着。这与一个月前听到机关枪响就溃退下来者，全是两个样子。

周坊的胜利，更加使群众高兴，斗争更加勇敢；贵溪苏区，就很快发展出去，贵城之外，都成了苏区。

我又从余江、万年逃难的同志中，提选出好几个人来，放在县委机关训练。后派他们各回本县工作。我经常去指导和帮助他们，余江、万年的工作就渐渐地开展了。红军后来又在余、万打了几个胜仗，遂创造了余江、万年的苏区。这两县的群众斗争，也很顽强，不怕白军怎样摧残，他们仍是坚持不懈。最可敬的，就是万年东源村的群众，拿两支枪同驻富林的白军打了整整的一年，结果，驻富林的白军，还是抛弃碉堡逃走了。

因为红军的胜利和苏区的扩大，一九二九年下半年的环境，是大大地转好过来。在西线，扩大了弋、贵、余、万四县苏区；在东南线，横丰苏区扩大了几倍，差不多全县都收入苏维埃版图；上饶也举行了年关暴动，成立上饶苏区；在北线，德兴苏区也有新的发展。白军小的部队，是不敢随便进入苏区的。因此，我们脱离了天天爬山爬岭、躲山躲坞的生活，比较安稳地建立起机关来做工作了。

党派周建屏同志于此时到了。他领导红军打了许多胜仗，他是创造红十军的一个主要领导者。

总结一九二九年，是我们胜利发展的一年！不过红军的胜利，比较苏区的发展，是要落后一点。军事干部不强，军事领导机关不健全，是其主要原因。赣东北苏区历史虽长，但发展远远地落后于中央区和鄂豫皖区，这就是一个最吃亏的地方。

二十、五个月的军事工作

胜利的一九三〇年到来了。

在二月初，党决定调我去做军事工作，要我担任赣东北军委会主席。我接到了通知后，就离开贵溪回来。我担任贵溪县委书记，历时五个月。

当我接受军委工作的时候，我们是有了一个“江西红军独立第一团”，有步兵五连，机关枪一架，我们叫这架机关枪，为一不中用的公机关枪，到于今还没找到配对的爱人，还是孤零零的独自一架。在各县还有一些游击队。军委会范围很小，从主席到卫兵，共只有二十余人，机关扎在群众家里，房屋很小。

我锐意要整顿和锻炼我们的队伍，要把独立团练成一支有较强战斗力的精锐队伍。因为队伍不多，所以我采取的工作方法，是自己亲自深入队伍中去检查，去讲话，去指导，去督促。发布一种工作的命令，我必要将这命令的意义和内容，向战士们解释清楚，使他们都懂得为什么要如此做以及怎样去做。对于战斗员的生活，极力改善，加以爱护，亲之爱之如家人兄弟一般。对于军纪，特别是作战的军纪，不论何人，都是严格执行，不稍宽贷，首先我自己就做到一个模范的遵守红军纪律的人。对于训练，主张认真切实，无论操场讲堂，不许丝毫敷衍。对于管理，主张严格，一举一动，都需照规定执行。只有如此，才能渐渐地扫除从农民土地革命中产生出来的红军附带而来的游击主义的习气。虽然在当时，我们手中没有一本关于红军政治工作的书籍，政治工作的方法懂得很少，但我注重多开会议，多讲多说，也就可以将红军的政治水平和战斗情绪，提高起来。

经过一个短期间这样的整顿训练，独立团原有的一些散漫混乱的现象，逐渐肃清，变成整齐严肃的正规红军了，战斗力也随之较前加强。各县游击队和补充营（四连人）也经过同样的整顿，都日有进步。

自己打自己的蒋、阎、冯军阀大混战爆发了，进攻我们的队伍，大部分调走了，各地方差不多都是靖卫团驻守，这些靖卫团都是畏红军如虎，一打就要缴枪的。所以独立团在群众拥护帮助之下，每月都打了好些胜仗，消灭了许多靖卫团，同时，也打败了好些白军的队伍。红军每月所缴的枪，比一个普通兵工厂造出的枪还多。

其中以消灭德兴黄柏塘靖卫团之仗，是有趣的，可以看出红军艰苦奋斗的精神。黄柏塘靖卫团，是一队最凶恶的地主武装，士兵尽是当地的流氓地痞，压迫敲诈群众非常厉害。在四月的一天，该队盘驻于张家川村，群众来报告了消息，红军当夜就出发去消灭它。那晚，天下大雨，黑暗无光，的确是暗到伸手不见掌的。又要越过一座有名的又高又峻的大茅山。红军打敌人要紧，不怕那些困难；每人将面巾搭在自己头上，后面的人，可以看到前面人头上的面巾，发出一毫毫的白光，借此脚跟脚地走去。越过高山时，跌死了一匹马，跌伤了好几个战斗员，跌倒又爬起来的人是很多了，终于在拂晓时到达张家川。该靖匪满以为又雨又暗，哪里会有红军飞来，大家都安安稳稳地睡觉。听到枪响时，红军早已冲到身跟前来了。捉到了一部分，多数都往村前正在涨洪水的河里跳去溺死了。这靖卫团消灭之后，全县群众都快乐得很，“这一伙害虫也会死！”苏区马上发展了三个新的区。

其次，就是独立团进攻秧坂之战。秧坂是乐平东南乡的一个大村，驻扎了白军和靖卫团，建筑了工事，经常进攻我弋阳七区的苏区，把七区八十余村的房屋，十成烧掉了七成。七区群众，恨之入骨，每天都有十几张报告到军委会，要求派红军去消灭秧坂的土匪军。在五月五日——马克思的生日，独立团开去进攻秧坂，军委会下了最严格的命令，进攻驻秧坂的白军，只准前进，不准后退，后退者枪毙！拂晓时分，红军开始了攻击，白军伏在做好了的壕坑里打枪，红军就沿着大田坂上冲锋前进；冲到敌人的壕坑边，一个冲上去打倒了，第二个又冲上去；第二个又打倒了，第三个，第四个……仍是连续不断地冲上去！守兵恐慌而动摇了，枪只是乱放打不中一个人，看到红军雪白放亮的刺刀刺上来，拔起脚就朝后跑，但红军已冲到身边来了。于是打死的打死，被俘的被俘，脱逃的只是少数。红军得了完全的胜利，只死五人，伤二人，就是在冲锋时被敌打倒的。“胜仗伤亡少”，这话是不错的。第二日，红军又在众埠街打了胜仗，接着就将乐平东南乡各村埋藏的地主武装缴出。在一星期内，共缴到长短枪三百余支，而独立团本身所有的枪，也只有三百余支。

从此以后，独立团势如破竹地连续攻下河口、景德镇、弋阳、余江、乐平、德兴等城市，缴获不少。袭击景德镇的行动，算是执行得很好的。独立团在一日夜间，行军一百四十里，晚间又是倾盆大雨，洪水骤涨，桥梁冲倒不少。红军冒雨悄悄地前进，行过各村镇，居民都睡着。当红军到达景镇时，商团还不知是什么队伍，有几个商团士兵，在街上买东西，见到红军，还举手敬礼。只打了几十枪，就将在镇队伍完全缴械了。红军在镇，纪律极好，公平买卖，没有扰民之事发生。那时，红军禁吸烟，几千人没有一个人吸纸烟，这不能不使镇上的人惊奇起来，为什么在乡村里能训练出这样的军队来。

我们红军力量，加倍地加强了。客观环境又甚顺利，在津浦路上，蒋、阎、冯还在酣战，无力顾及我们，我们就在这时，得着了极大的胜利；在三个月内，独立团发展了实力三倍以上，占领了好几个城市，苏区纵横五百余里，人口有一百余万。

“左”的盲动主义的立三路线，统治着党的中央，来了一个指示，要将独立团改为红十军，调我去担任苏维埃工作，红十军马上就要开去彭泽、湖口方向行动，为的是要执行全国的暴动计划。

在一九三〇年七月×日，中国工农红军第十军宣告正式成立，辖步兵三团，以周建屏同志为军长，邵式平同志为政治委员，并誓师出发湖口、彭泽方面行动。在湖口江桥打了一个胜仗，消灭了南京的税警团，缴到许多新式武器。

我担任军委会的工作，历时五个月。

二十一、国民党第一次“围剿”

八月一日——南昌暴动的纪念日，在弋阳的芳墩，开江西东北全特区工农兵代表大会，到会代表三百余人，决定了一些重要问题，选出了执行委员，成立江西东北革命委员会，我当选为主席，从此，我就专做苏维埃的工作了。

全国红军猛烈的发展，根本动摇了国民党的统治，所以蒋介石极力求得内部妥协，很快地结束了津浦线上的战争，而将他的军队，集中起来，调来江西“围剿”红军，进行第一次的“围剿”。

第一次“围剿”是在十一月开始的。白军第五师，由彭泽、湖口方面急进，向我红十军压迫，使我军退出景镇、乐平等地区。这些区域，虽建立了苏维埃，名为新苏区，但群众工作太差，土地未分配，群众武装和游击队未建立，故红十军退到哪里，新苏区就坍台到哪里。红十军直退到万年珠山桥，才与五师接触，未获胜利，乃开往上饶方面行动。

这时上饶城无白军，只有靖卫团兵两百余名，红十军进攻该城，那两百靖匪，怎能守住这座大城。接火未一刻钟，就被红军攻入，这靖卫团是全部消灭了。第三天又进攻河口，驻扎河口的是新编十三师的李坤团，经三小时的激战，李团大部被消灭，步枪、机关枪、迫击炮全都缴来了。这两仗可说是一次“围剿”中打得较好的仗。

可惜自这两仗之后，红十军就没有打得什么好仗，不久，白军第四师、第五师都开了来。白军在苏区东打西打，苏区受了很大的摧残和损失。

我们所占领的城市，除横丰城外，全部失掉。

苏区一年来没有白军进攻，群众的武装组织——如赤卫队、少先队等都松懈下来；群众的武装，也多生锈或遗失。现有白军进攻，群众自然减少了斗争的力量，只晓得牵牛担被袱去躲兵。革命委员会看到如此下去，是很危险的，乃下令要各级苏维埃，立即将各村的贫农团整顿恢复起来，并以村为单位，合起伙食，吃大锅饭，脱离生产，集中武装，配合红军作战。如此做了十多天，群众都有组织地上了火线，红军才不是单独对白军作战，是有群众配合帮助了。苏区自白军进攻表现出来的那种风雨飘摇的形势，才转变过来，渐渐地转入于巩固之中。

一九三〇年，可说是大胜利的一年；假若我们不执行错误的立三路线（虽然在执行中，因行不通，修改了许多），那我们所获胜利必更大。但错误是已经不可挽回的错误过去了。

只有苏维埃才能救中国。

二十二、红十军第一次进闽北

红十军自上饶、河口胜利后，就好久都没有很好地打过胜仗。一来，红十军中的政治军事工作，都做得不好；二来，红十军的领导同志对战略战术的了解，不但模糊，而且错误。在敌人残酷地“围剿”苏区中，红军的主要任务，应该是配合游击战争和群众斗争，坚决地打破敌人“围剿”，来巩固苏区根据地。他们不这样去认识自己的任务，反而发出一种“要巩固赣东北苏区，首先就要巩固中央苏区，中央苏区巩固了，赣东北哪还会不巩固起来”的奇怪理论，因此，他们认为红十军不应该再在赣东北苏区作战，应该拖到中央苏区去。他们这样的理论，当然仅是一种表面的诡词，实际上确是对敌人“围剿”，动摇恐慌，认为无力战胜敌人，因而想一跑了事！这明明显显是十足的逃跑主义，不克服这种逃跑主义，红十军是不能胜利的，赣东北苏区是不能巩固的。当时白军在苏区内横冲直闯，要打击和消灭敌人，并不是困难之事，可是红十军领导同志对战术的运用上，也多是犹豫迟疑，不少缺点；大仗打不胜，不能打；小仗又不愿打，结果等于无仗可打。我们当时是认识了他们错误的危险性，与他们作了坚决的斗争，并用政府的命令，制止他们的逃跑思想；可是因为我们理论上的幼稚，不能从理论上明确地说服他们，他们还与我们争论了不少的时间。从此，我们得到一个宝贵的革命教训，就是在革命胜利发展、环境十分顺利的时候，最要防止胜利乐昏了头脑，而发生“左”倾盲动，以及腐化享乐，不艰苦做工作；在敌人积极向我们压迫、环境险恶的时候，就最要防止右倾动摇，退却逃跑，投降主义与逃跑主义的危险。因为红十军没有得到很多胜利，白军在苏区烧杀淫掳，苏区群众受着极大的摧残和痛苦，并引起苏维埃政权的不巩固，党又决定我去红十军工作一个时期，以求得红十军工作的转变。

在一九三一年三月间，我到红十军去暂代政治委员。（那时，邵式平同志早已调回担任军委会主席，涂振农同志担任十军政委。）在前说过，我对于红十军中政治工作的知识和经验是不够的；中央出版的各种红十军的政治工作的书籍，我们没有接到一本，许多行之有效的政治工作的方法，我都很少知道。但我有的是革命的热诚和积极性；我仍如在军委会工作一样，深入队伍中去，不惮烦地去检查，去讲说，去指导，去督促；内务，操场，讲堂，以及关于各个战斗员身上许多琐屑的问题，我都亲自过问；军中会议，我亲自参加的多。好的事尽量发扬它，不好的事则严格指责，不稍宽假！在我的影响之下，红十军的指战员同志都高兴热烈起来，在葛源一个星期的整顿训练，军中一些散漫混乱的现象，纠正了不少，与从前颇不相同。

白军十八师有一团兵进驻贵溪周坊造碉堡，已造了一丈多高。周坊与贵城，距离五十多里，都是苏区地方，他这团兵无联络无接济地孤军深入，自然容易打坍他。红十军开去贵溪行动，两日打了两次埋伏仗，都取得了胜利，周坊的白军就动摇退走了。第三天，红军又开去攻击余江、横山徐家的保安团，该保安团占驻横山徐家村背的三个山头，山头上都挖了立射散兵壕，扎了鹿砦工事颇称强固；红军须通过一个大田坂，才能进攻到山脚下。接火后，保安团伏在壕内向着在田坂上冲锋前进的红军快放，的确是弹如雨下，红军接连倒下来十几个，仍冒弹跑步前进，将冲到山脚下时，保安团动摇了，翻身就跑，红军脚挨脚地追去，追了十余里，将其一营消灭，才集合回来。红十军这次在贵、余三日三仗，三仗皆捷，将贵、余苏区巩固下来。

正当此时，闽北苏区，大为吃紧！闽北红军独立团屡次失利，团长牺牲，士兵动摇，失却胜利信心。闽北白军欺独立团的子弹缺乏，不耐久战，专以小部分兵力，利用土屋，开凿枪眼，来对抗红军。白军常以一排兵扎一村庄，也不要怎样警戒，只放个卫门哨，看到红军来了，卫兵钻进门内，将门关上，就在墙上预先凿好了的枪眼放枪，红军往往对打个整天，都不能攻进，还要伤亡好多人。团长潘骥同志（他是余干人，是白军中哗变过来的，他训练队伍很好，作战也勇敢。）就在攻土屋时，被敌弹打破了全个嘴巴，抬回来待了三天就牺牲了。白军就用这个战术，分散兵力，将闽北苏区一些较大的村庄，全都占据着，闽北只保存了崇山峻岭中的几十个小村落。

闽北派了一个同志来请求援助，红十军乃开进闽北作战。由上饶渡过信河，出石溪，遇着白军一个旅长、两个团长，坐了三顶绿呢大轿来，一打，大轿丢下逃走了。当晚占下石塘宿营。到了闽北，派了一部队伍，去围攻长涧源土屋中之敌，他们的卫兵，见得我红军来，仍是向屋里一溜，将门关上。我们将土屋围攻了一天两晚攻下了，屋内的白军和反动派全部被俘，从此，白军就再不敢利用土屋作战了。

长涧源战后的第二天，红十军开去打赤石街。约莫早晨三点钟，红军的前卫团，到达赤石街，与守敌乒乒地打响了。斯时除枪声外，真是万籁无声，周围寂静，在近处只听出很细微的沙沙的队伍行步声。“的的打打的的的，的的打打的打打！”前卫团吹起前进号来了。在这寂静的空气中，传来这几声尖锐的号音，觉得又是清脆，又是悲壮，使人人都发生拼命冲上去的兴奋情感！号音吹过，队伍突然快步地行进了。赤石街是临崇河的一个市镇，除临河一面，三面都筑起了两丈高的围墙，并有八个碉楼，守敌为福建海军陆战队。我红军冲锋真不怕死，打倒一个又上去一个，经三小时的激战，我军伤亡了七十余人，还没有冲上墙去。地上躺着几十个从前线抬下来的负伤战士，从他们的伤口中，鲜红的血一阵一阵地淌流出来！军医忙着替他们扎绷带。我走过去安慰他们说：“同志！你们宝贵的血是为苏维埃政权流的，请忍耐痛苦，我们会竭力替你们医好来的！”他们都答复说：“不要紧的，请你督促队伍杀上去，将土匪军消灭去就好了！”崇安城的白军，打接应来了，我们早已配备了充分的兵力去对付他们。他们队伍刚刚展开，我红军就是一个猛冲锋，他们哪里挡得住，马上就溃走了。机关枪迫击炮都丢了下来，红军随后紧追着，大部分缴了械，一小部窜入崇城，另一小部来不及进城，都跳到崇河溺死了。赤石街守敌，看到援军失败，也慌慌地逃走，红军占领了赤石街。

一直到现在，我脑中还清晰地存留着一个英雄的肖影，这就是我们的卫兵连长；他的姓名我忘记了，好吧，他就做个无名英雄吧！他在击退崇城援敌的火线中，缴敌步枪三支，但身负三伤。我们叫担架将他抬着走，令他好好地休息。我对他说：“火线事你不要管，你静心养好你的创口吧！”他点点头。忽然另有一部敌军打来了，枪声颇激烈。他从担架上跳了下来，从跟随他的卫兵手里，拿下他用的驳壳枪，上好子弹，一步一颠地向敌方走去；他喊叫着指挥队伍冲上去，很快就将敌消灭；他又缴到枪五支，但这次他却在阵上牺牲了。

崇安城本不难攻入，唯当日在赤石街激战与击溃崇城援敌中，伤员不少；我们这次算是在白区作较大战争的第一次，兢兢业业，唯恐失利，城内情况不十分清楚；傍晚时，又受了一个意外的敌人的冲击，将我第三团团政委胡烈同志打死，以致影响攻城决心，遂撤回坑口。可惜得很，当时没有坚决攻城。如果那晚攻城，城中两个正在战栗着的白军旅长，是很难有脱逃的可能了。

在坑口，我们在胡烈同志的棺前，开会追悼他及阵亡将士。当我们刚开口唱国际歌时，一阵悲哀情绪涌上来，喉咙哽咽着不能出声，一眶热的眼泪不觉就滚出来了。我们的老将军周建屏同志和到场的战士都流下泪来，我们是痛悼着我们失去了的英勇战士。

将在闽北缴到的枪支，全数留在闽北，并留下一很能战斗的特务营，作为闽北红军的骨干。经过红十军这样重大的帮助，闽北党的工作，又做过严格的检阅，闽北的苏维埃运动，才又重新向前发展。

红十军这次进闽北，除军事上得到胜利，打了十一仗，仗仗皆胜，建立红十军在闽北的军威外，主要的，还是这次的胜利，奠定了闽北苏维埃和红军向前胜利发展的基础,这是政治上的一个极可宝贵的收获。

红十军因急于回赣东北苏区，在坑口休息了几天，即由上饶的另一路线折回。两日行军两百余里，就到了上饶沙溪街的对岸。当时，白军以红十军远出白区，企图在白区包围歼灭我们，将信河所有的船只，都调集于几个城市，使我们不得渡河。但红军是具有克服各种困难的力量，终于在沙溪下游五里之处，找到小船五只，先渡过一团人，占领了沙溪街，再将沙溪街河下扣系的船只开过来，全部红军就安稳地渡过春水泛涨的信河。回到赣东北苏区后，队伍已经是很疲乏的了。

红十军折回后，情绪高涨，个个都决心要消灭白军五五师，在白区都能打这多胜仗，在苏区打仗，更有把握得胜。时五五师有一团人驻芳墩，筑了城墙，企图久住。红十军只在冷水坞地方，截击它的交通部队一次，不上一刻钟就消灭他的一营，驻芳墩的残部，就连夜逃走了。

中央派来做红军工作的几个同志，已经到了，我就交卸政委的责任，仍回苏维埃工作。

此次担任军政委，虽只四十五天，虽比做后方工作要辛苦得多，但精神却是十分愉快！因为我觉得人生最痛苦的，莫如战争的失败；而最快乐的莫如战争的胜利。战争一次一次地胜利，那胜利的喜悦心，简直会忘记一切疲劳和辛苦，就是几天不吃饭，也没有什么要紧了。

二十三、为国际路线而斗争

赣东北的党，是经过极端的艰苦斗争的锻炼的。不但是领导同志，就是一般入党较久的党员，革命意志，也多是坚定而不动摇的。在艰苦顽强与阶级敌人作斗争这一点来说，赣东北的党，不会比哪个地方的党逊色；在理论准备的程度上说，那就不免落后了一点。原因：（一）赣东北党的领导同志，从来就没有受过真正的布尔什维克列宁主义的教育和训练；在陈独秀机会主义时候，我们都是省一级的负责党员，但对于中国革命的许多基本问题——如中国革命的性质，革命的动力，革命的转变等问题，不但我们没有一个明确的概念，就是陈独秀、彭述之之流，也就没有摸到这些问题的门户；同时，那时党的工作作风，完全是家长制度，共产国际来的文件和指示，全没有翻印过，发给各级党部去讨论。一九二六至一九二七年我在南昌，是担任省农民协会秘书长的重责，同时又是江西省委农委书记，做了十个月的工作，除了看看《向导》报外（《向导》报就够不上是一种健全的党的机关报），其他的党内文件，就一本都没有看到，连党的五次大会的决议，也未见过。当时，我与其他许多同志，常这样想：国共合作，当然是不会长久下去的；什么时候会分家呢？分家时，共产党该怎样做呢，是不是要来一个暴动以打倒国民党呢？现在党该怎样准备呢？……这些问题，党始终没有为我们阐明过，我们也就得糊糊涂涂地过下去。本来上述许多革命的基本问题，列宁同志在生前就明白正确地解决了，写在他的著述里；可惜当时中国党的领导同志，庞然自大，不去虚心学习，自己陷入于机会主义的泥坑，将中国第一次大革命引导到失败。因此，无可讳言的，我们对于马克思列宁主义还是门外汉。（二）一九二七年以后，我们与中央的联系，极不密切，中央的许多重要文件和书报，我们都很少接到——我们接到中央的一本书，就等于拾得一件稀有的珍宝一样，争相传阅。所以我们理论的进步，自然迟缓得多。

在长期斗争中，在解决许多实际问题中，我们不期而遇的是有过正确的立场，反对不正确的倾向，如屡次反对逃跑主义，反对过“左”倾向，紧紧地把握住“团结群众”的路线，以及反对立三路线等——立三路线开始传到赣东北时，我们曾经开会坚决反对过，认为是错误的，后立三路线的中央六月十一日的决议来了，大家才不敢说话——但是我们反对那种错误，都不能从理论上圆满地说明其错误的性质、由来与危险性，不过多半是觉得在实际上行不通罢了。

因为理论上的薄弱，政治上的幼稚，及领导同志的阶级性，有些问题是解决得不正确的。最中心的是土地问题的解决，缺乏明确的阶级路线，犯了富农路线的错误，同时我们也执行了立三路线，虽在执行中，是打了好些折扣。

党中央的四中全会，是在共产国际正确领导之下开成功的，严格地揭发立三路线的错误，开展全党的反立三路线的斗争。拿立三同志的路线与共产国际来信所提示的路线对照着，愈加清楚地看出立三路线是错误的，是有害的，是半托洛斯基主义的，是“左”

倾盲动主义的；照这条路线做去，会将中国革命重复引导到失败，实际上因执行立三路线，已使中国革命受到很大的损失！国际路线，才是正确的，是列宁主义的，是领导中国革命到完全胜利的大道。中央四中全会的决议传到赣东北时，我们满心欢悦地完全同意中央的决议，拥护国际的路线，在党内开展了反对立三路线与拥护国际路线的解释运动。随后，中央又派了中央代表前来，召集党代表会议，将赣东北几年来的工作，来了一个总的检阅。主要的有下列二点：(一)揭发了赣东北工作中立三路线的错误及其恶果；(二)揭发了富农路线的错误，并决定肃清富农路线的实际工作，如按照阶级路线，进行土地的重新分配；苏维埃的改造运动；农民群众阶级成分的重新确定；群众团体组织成分的审查和洗刷；以及党员成分的审查和洗刷等。党及群众工作方法亦须转变和改善。这次大会提高党员政治学习的热情，提高全党的理论政治水平，提高国际和中央在党员和群众中的威信。在群众中，则开展了反富农的阶级斗争，更加坚定和发扬基本群众革命斗争的决心和热情，苏区因之得到更进一步的巩固。

这次会议，最大的缺点是：（一）没有十分抓紧最中心的红军问题，如扩大红军，加强红军，改善红军中的政治工作，领导红军争取战争的胜利等问题，都没有特别有利的决议。（二）对于已表现出来的右倾保守主义，没有尽情地揭发，给以打击。（三）对于赣东北过去工作的优点，如团结群众的工作，艰苦奋斗的精神，从前好几次反不良倾向的斗争等，都没有特地提出来，以作今后工作的教训，这未免有一概抹杀之处。此外还有其他错误。所以中央来信批评这次大会说，没有抓住共产国际来信所提出的三位一体的中心任务，并有些地方，表现出右倾的估计。中央的批评，完全是正确的。

这次大会，是赣东北各种工作转变——转入国际路线领导下的关键，从此我们是在国际路线下作斗争了。

二十四、右倾保守主义是我们最凶恶的敌人！

在一九三一、三二、三三，三个年头中，环境都是很顺利的。向周围广大的发展，并没有多大的困难。而阻碍红军伟大胜利与苏区迅速扩张的，就是右倾保守主义。右倾保守主义在赣东北确是根深蒂固，从来就没有受到最严格的打击和揭发，坐让着顺利环境白白地过去，至今想来极为可惜！一九三三年十月间，我们接到中央的指示信，将我们右倾保守主义的错误，尽情地详细地揭露出来，给了右倾保守主义第一次的痛击。那时，我代理了赣东北党的省委书记，我是完全同意中央的指示，我尽我力所能及地领导党内同志们向保守主义攻击，无情地检阅和批评我们工作中保守主义的错误。这些错误表现在：

（一）没有猛烈地扩大红军，对扩大红军的意义，了解不够；在一九三三年红五月扩红动员中，已报名当红军的几千人，却因粮食困难与武器缺乏的缘故，通告延期召集——这等于对扩大红军的怠工。

（二）红军始终不敢在白区进行较大的战争，一到白区，就是兢兢业业，唯恐失败，打个圈子就转回来，总在苏区内线作战，不但失掉了不少伟大胜利的机会，而且苏区也常受白军的进攻蹂躏。

（三）各县独立营团和游击队，总是晚出早归，不敢在敌人空虚已极的后方进行较长时间和广泛的游击。

（四）所有强有力的干部，都留在苏区内工作，不舍得派几个到白区去进行秘密工作，以扩大大块苏区。就是有白区工作的地方，也是发展迟缓，党没有经常地给以指示和督促，比较起一九二八、一九二九年向外拼命发展的精神，反而逊色多了。

（五）苏区有些建设——如建立公园等，是带着保守主义的意味，解决财政问题，也是面向苏区，而未着重在白区打土豪筹款。

因为右倾保守主义的错误，红军虽仍是不断地取得胜利，而且有几次胜利——如杨家门的两次胜仗，红十军第二次进闽北的胜利——是可夸耀的，但终竟是远远地落在中央红军和红四方面军伟大胜利之后。苏区在三年中不但没有发展，且有部分地缩小，这都是值得引以警惕的。

保守主义的政治来源，中央指出是：（一）对于目前日益发展的革命形势，估计不足；（二）对于工农红军的战斗力，估计不足；（三）对于苏区和白区工农群众的革命积极性估计不足；（四）而对于反革命的力量，则过分估计。总之，是来源于右倾机会主义的思想。

中央的指示信，给了我们极大的热力，推动我们全体同志热烈地前进。我们除在政治上解释保守主义的错误外，在实际工作的布置上，有了许多新的转变：

我们着重扩大红军运动，将它列在工作日程的第一位，因此，扩大红军就收到更大的成绩，党员和群众中一些怕当红军的观点，都克服过来，人人都视当红军为革命者应尽的光荣义务。

我们的红十军和独立营、团、游击部队，也开始向外出击，获得了好些胜利，但仍是极端不够。红军中的右倾保守主义的情绪，还未彻底肃清。

我们着重扩大苏区，在两个月内，我们扩大了新的十二个区，在未反保守主义以前，两年都未做到如此成绩。因时间过短，未能将它们全部巩固起来，有几个新区，在敌人碉堡政策的进攻下，被敌占领，暂时失败。

白区工作，是用了最大力量去进行。不久之后，我们于发展了苏区周围的白区工作外，重新开展了皖赣、皖南的工作，现该二处都建立了苏区和红军。我们计划在四个月内建立一百五十个区的秘密工作，没有全部完成计划。

其他工作，也都得到相当的成绩。

残酷的五次“围剿”到来了，敌人以堡垒主义的战术逐步向苏区推进，形势较前紧张，斗争更加激烈。同时，摆在我们面前的困难，也就更加多了。回忆从前环境顺利的时候，保守着不积极向外发展，丧失了许多良好时机，真是十分可惜！

右倾保守主义，是赣东北最凶恶的敌人，就是这次红十军团受了损失，其原因也可说是由于保守主义，假若很早就注重皖南工作，就派得力人员到皖南去，这次必能帮助红军完成其创造新苏区的任务。可惜皖南工作开展太迟，又因皖南党的领导者犯了机会主义的错误，工作多是有名无实，没有给红军以有力的帮助，以致红军折回苏区，受到损失。只有肃清保守主义，才能在最近的将来，工作会有一个更大范围的开展。

二十五、肃反斗争

阶级敌人，不仅集中军队从外部来进攻苏区；而且派遣反革命派——如A.B.团、改组派等，秘密到苏区活动，从内部来破坏苏区——这是他们所谓“七分政治”的一种阴谋。

因为鄂豫皖苏区肃反胜利的影响，引起了赣东北党对肃反工作的注意。首先察觉潘务行、何东樵等健康会的组织，追究这一组织的根源，原来就是改组派的组织，所谓健康会，不过是他们一种表面的掩饰而已。由此追根查底地审究下去，发觉吴先民等也在其内。因此，红军中、地方中和闽北的反革命组织，都连带破获出来。这次给了反革命组织以致命的打击。

因为反革命组织的破获，肃清了隐藏在苏区的敌人侦探和奸细，断绝敌人的内应，使敌人进攻更加困难，使苏区和红军得到更大的巩固。同时，打击了许多不正确的倾向，这些倾向，都足以助长反革命的活动。

我对于这次肃反斗争，自然是热心参加的。本来我的痔疮是刻不容缓地要割了。痔疮患了十几年，起初还不怎样难过，现在是愈下去愈厉害，天天流脓流血，好不痛苦！请医生看过，医生说要赶快开刀割治，否则，到后来更不好医的。医生把开刀的手续都准备好了，并送了泻剂给我服。我想在肃反斗争紧张的时候，我个人却睡到医院里去割痔疮，心里怎样会平安下去，乃回复医生暂不割，等有暇时再来，泻剂也退还医院了。我也常到保卫局审问捉来的反动派。在审问中，我感觉到当时的肃反工作，有些地方是错误的，极不满意。

不容讳言的，这些严重错误是明显地表现在：

（一）肃反中心论的错误，就是认为一切工作的毛病，都是反革命在其中捣鬼，肃清了反革命，一切工作自然都会好了；所以肃反是一切工作的中心，我们主要的力量，都要放在肃反工作上。当时党的主要领导同志，就是肃反中心论者，他在保卫局帮助审问案情，差不多待了两个多月，其他工作，无形地放松下去。因为肃反中心论的错误，大家都集中精神，埋头去做肃反工作，而对于最中心的战争任务，反没有怎样注意了。

（二）肃反工作的扩大化，就是认为反革命在苏区已经有了庞大的组织，雄厚的力量，到处都有了反革命派的混入活动，到处疑神疑鬼！这是夸大反革命的力量，过低估计党和苏维埃的政治力量。因为党和苏维埃的领导威信，群众的阶级性及其组织力量，以及反革命派不能和共产党员一样不畏艰苦危险地深入群众工作的关系，在苏区内，反革命派决不能很容易地大规模发展起来，这是极明显的道理。当时肃反工作就忽视了这一点，将肃反工作扩大化，没有指示全党要清楚地分出哪些是政治上或行动上的错误，哪些才真是反革命的阴谋。“你这错误，不是简单的，我要用肃反眼光来观察你。”这是几句普通流行话，表现出肃反工作扩大化的精神来。我们固然要反对缺乏无产阶级的警觉性，使反革命派能藏在苏区活动；同时，也要反对小资产阶级的张皇失措，疑忌过多，这不但不能团结干部，而且会引起“人人自危”的恐慌。

（三）肃反工作的简单化，就是不注意侦察技术，搜集确证，而只凭口供捉人，这往往会乱控乱捉，牵连无辜！这次肃反，不能说没有乱捉了人，而且还有错办了人的。放走一个反革命派，固然是革命的损失，错办了一个革命同志，又何尝不是革命的损失！

当时，我说不出这些理由来，只是感觉得不对。党的主要负责同志，个人独裁欲和领袖欲太重，不容易接受同志们的意见，尽说肃反要慎重，还说你对肃反不坚决。我与式平同志为吴先民问题，同时也就是为肃反需要慎重，不应刑讯问题说话，就受到党的处分。

我们丝毫不能放松肃反工作，我们要经常提醒党员和群众对肃反工作的注意，不让反革命派来阴谋破坏我们的革命事业。但是，肃反工作，不是一切问题的中心，革命战争才是目前中心的中心，肃反工作只是帮助达到战争胜利的一种重要工作。绝不能使肃反工作扩大化、简单化，错办革命群众和同志。我现在肯定地说，赣东北和闽北的肃反工作，是有错误的，无形中使革命受了不少的损失！应该用布尔什维克的自我批评，来揭发过去肃反工作的错误，以作今后的教训。一切畏怕自我批评，庞然自大地以为自己什么都是正确的，没有错误，这正是十足的小资产阶级的态度，正足以损害革命的胜利。

二十六、红十军第二次进闽北

一九三二年九月间，党决定红十军第二次进闽北作战。这次进闽北的主要任务，是要从争取战争的胜利中来扩大闽北苏区，特别着重打通闽北与赣东北两个苏区的联系。当时，两个苏区相隔只有三十余里，我们认为只要打得几个胜仗，再努力作争取群众的工作，这界于两苏区之间的三十余里的地区，是不难很快赤化的。

党决定我随军，负领导军事行动的责任。

我军由横丰渡信河，一晚行军，第二天就到达铅山的杨村，第三天到紫溪。我们在紫溪开会，决定了在闽北的作战计划：第一步，以红十军大部攻赤石街，另派一小部配合闽北独立师同日去攻新村街，这两个市镇占领起来，就可以完成崇安全县苏区；第二步，红十军与独立师去进攻浦城，一面开展浦城方面的苏区，同时争取一批给养；第三步，红军自浦城开回后，即在铅山方面行动一时期，以完成打通两个苏区的任务。作战计划决定后，即开始动作。

赤石街、新村街两个市镇都同时被我军攻下了，消灭刘和鼎部一团的大部，并缴无线电机一架，这是红十军第一次缴到无线电，我们欢喜得很。驻赤石街的这团，所以会失去无线电，据俘来的无线电队长说，是因这团长平日吃了抬无线电机三十余名伕子的缺额，临时找不齐那多伕子，延误了时间，以致被红军碰着缴来了。

进攻浦城，途经洋溪尾。我军的前卫刚过了洋溪尾，就遇着有一个白军营长带了一连兵到洋溪尾来收赌捐，两下开火打了几十枪，就将该连大部分消灭了，营长被俘了来。营长是个胖子，面色白皙，一望就知道不是军人出身，而是个有钱的少爷。一问，果然不错，他是一个少爷，家里很有钱，因羡慕挂横皮带的荣耀，用了三千大洋，才买到这个营长来当，他没有打过仗，他听到枪响，就往柴窝里躲，所以被俘。他那种哀求饶死的情形，的确又是可怜，又是可笑。我们答应不为难他，他就跪下地去忙磕了好几个头。这是我们从没有看过的礼节。我们赶快叫他起来，随着红军一路走，他感激不尽。

在洋溪尾败下来的那一连的残兵，不顾命地逃去浦城县，他们刚到城门口，就一边跑，一边喊："土匪来了！土匪来了！赶快关城门！"城中守兵有一团人，当时莫名其妙，后问清情形，就急忙关城门，堆沙袋，上城守御。

我们原拟袭击浦城，因残兵报信，变成硬攻浦城了。清晨时分，我军攻击了两次，因楼梯太短，未爬上，乃下令停攻，要各部队准备长楼梯，选好自己的爬城点，到傍晚时分一齐爬城。在下午三点钟，我闽北独立师的李金泉团长被敌打死了！一个开花子弹由后脑穿进口里穿出，将他下嘴巴都炸完了。他是弋阳八区人，是一个雇农。他在红军中很勇敢，他生前共缴到敌枪七十余支。他的死是值得我们哀悼的。浦城县长起初倒很热心，亲自提面铜锣，自东街敲到西街，一边敲，一边喊道："各商店都起来抵御土匪，土匪进了城，房屋都要烧光的。"他敲锣喊叫完了，回转衙门，恰好我军一个迫击炮弹，落到衙门里，离他有百多步远，并未开炸，然而却可把这位热心御匪的县长，登时吓出了一头冷汗！他将舌头一伸，说："呀！幸喜未开花，否则，我还有了人？！"他的热心，顿时冷了下来，他东躲西躲，生怕再有迫击炮弹落到他的头上。他再也不上街喊叫了，他只望天一黑就溜出城去。

天一傍黑，四城的枪都响得激烈了，首先，有一队人爬上城去，接着四处都爬上了队伍，遂占领浦城。除缴到一些枪外，在县衙门又缴到无线电一架。白军的团长与这位热心的县长都逃出城去了。

现在我来讲一讲我们入浦城后的一些情形：

在浦城城内，未逃出去的白军兵士，都脱下军装，化成平民模样，仍在街上行走，我们是无从认出的。我们带了两个红色战士，他们曾经被白军俘去，在浦城白军中当兵六个月，然后又拖枪逃回来。因为对浦城路熟，将他们带在军中，他们跑到街上去，都认识了化装的兵士，要他们带去搜枪，倒搜出了不少的枪支。洋溪尾保卫团团长，也在一栋房子的夹墙里搜出来了。

早就听说浦城县是闽浙边的一个重要的城市，商业很是兴盛，但入城后一查，商业是凋疲不堪。全城虽有百多家较大的商店，都只有门面装摆得好看，真正资本殷实的不上十家。福建军阀苛捐杂税的剥削，与无厌的需索，不但工农群众穷苦异常，就是商家也弄得一天天地衰败下去！各商家都发行百枚的铜板票，花花色色，堆满市面，这确是一种奇异现象。

浦城的豪绅地主，倒是很会享福摆脸！他们住的都是几进的宽敞房屋，卧房里摆列得很漂亮；有的洋化土豪，完全是西式铺摆，这当然是工农血汗的结晶！他们都是大地主，有几百担租和上千担租的。我们在此捉了几十个来筹款，给了他们素未受过的打击。

我在街上看到有个人化装苦力，形迹可疑，叫住他来一问，知道他是一个日本留学生。我与他谈了一些话，就问他对红军有什么意见，他却说："我是不赞成红军的，红军是会烧杀淫抢的。"我听到他说过了，并不发怒，却平心静气地问他："你说红军会放火，这次到浦城，在哪个地方烧了一栋屋，请指出来！""没有烧。"他说。"靠近城门口的几十栋房子，城中白军因怕红军利用房屋接近过来，用布匹蘸洋油从城楼上抛下来烧了，你知道不？""知道的。"他说。"不是红军烧的吧？""不是的。"他说。"你说红军会杀人，现到了浦城，杀了哪一个，请指出！""没有杀。"他说。"你说红军会淫，现到了浦城，奸淫了哪个妇女，请指出！""没有淫。"他说。"你说红军会抢，现到了浦城，到底抢了谁个或谁家的东西，请指出！”“没有抢。”他说。“你这也说没有，那也说没有，那你为什么说，红军烧杀淫抢呢？”我带着比较严厉的神气去诘问他。“我听到有人如此说，我是人云亦云而已。”他答说。“不顾事实，乱造谣言来诬蔑红军，那是不合理的。”他只点头称是。后查知他是个有四百担租的地主，呵！怪不得他来反对红军。

浦城工人及贫民自红军入城后，即起来帮助红军。红军向他们宣传，分散土豪的财物给他们，帮助他们组织工会和贫民协会。他们了解红军是为他们谋利益谋解放的，都起来指教红军去捉土豪，去搜取藏匿着的枪，并将他们拣到的枪送给红军。群众对革命要求的迫切，到处都是一样的。

城市女子照一般道理来说，应该比乡村女子进步。但我们苏区乡村的女子，剪了头发，放大了脚，学得许多革命知识，能演说能做事的，是很多的。现在看到浦城的女子，贫家人面目黄瘦，愁眉不展，富家人扭扭捏捏，只知打扮得好看，知识低落得很。两下比较起来，觉得她们比苏区的女子落后多了。

还有一些情形，不能多写下去。

我们在浦城住了三天即开回崇安苏区。

时白军七十九师，已全师开来铅山，要来阻止红军的转回赣东北。在铅山的车盘地方，我们与该师作了两天的激战，曾击退它几次，给了它重大的打击。我们因与强大敌人作正面的战争，是无利益的，遂于晚间让出车盘，另由一条路折回赣东北苏区。我们在车盘作战了三天，几千红军屙出来的屎确是不少，我们临走的时候，大家笑着说，就拿着这些屎粪来款待七十九师吧。

因为一天一晚行军的过度疲劳与事先没有渡河的准备，到横丰渡河时，被白军五师截击，损失了一百多支枪，这是红十军第一次受到的损失。

在红十军第二次进闽北的战争中，在军事上是获得了不少的胜利；在政治上发展了崇安浦城的苏区，只是第三步作战计划没有实现，与渡河被敌截击不能不是一个很大的缺陷。

二十七、苏维埃模范省的荣誉

我自一九三〇年担任苏维埃工作，直到一九三四年都未有更换过，足足做了四年之久，自然做了不少的工作。关于赣东北苏区的各种建设，假若还有时间的话，当另写一专篇，此处怎样也不能详述出来，现在只讲下列各件事情。

第一，苏维埃的民主精神。目前苏维埃政权，是工农民主专政，对于压迫剥削阶级，如地主资本家等，是实行专制，剥夺其政治上的权利和自由；对于工农劳苦群众，则实行最高度的民主。苏维埃的工作人员，都要经过工农群众或代表大会的选举，如被选人发生违背群众利益的错误行动时，群众可以开会直接撤换他，另选他人。各级苏维埃重要的工作方针和计划，都要经过各级代表大会的决议。苏维埃要分期将工作向群众做报告。群众听到工作报告之后，可以提出批评的意见。群众有什么意见和要求，可以随时到苏维埃政府报告，政府必须接受，如性质重大，就要拿到会议上讨论执行。苏维埃政府，是工农群众自己的政府，非常亲近群众，倾听群众的意见，忠实地为群众谋利益。它能不用一点威力和强迫，领导群众向敌人斗争，做各种建设事业。苏维埃政府，可以说是世界上最高的德谟克西的政府，也是最得群众的拥护和爱戴的强有力的政府。

第二，苏维埃的创造精神。我们苏维埃政府，目前是处于敌人四面围攻和封锁之中，自己的根据地，又是落在经济落后的农村。摆在它的面前，是有不少巨大的困难。这种困难，在其他任何政府，都是没有方法解决的，然而不解决这些困难，政府就要立即溃灭。苏维埃政府是工农的政府，它具有新兴阶级极大的创造力量，它能从各种困难中，想出许多有效的新方法来解决困难。如解决被敌人严密封锁的经济问题；解决经过八九年战争的财政问题，还解决其他许多重大问题，都不是照抄前例的，而是用前所未有特创的新方法去解决的，表现出苏维埃惊人的创造力量！

第三，苏维埃的进步精神。苏维埃的工作人员，差不多全部为工人农民，他们在过去，肉体和精神都受着统治阶级的摧残！他们的文化水平和知识程度，都是很低落的。但他们一被群众选入苏维埃来工作，苏维埃加紧地教育他们，他们加紧地学习，进步极快，不要很久的时间，他们就可以处理各种政治和斗争问题，而且处理得很适当的。例如苏维埃的某部长，是工农分子，那部的秘书是一个大学生，秘书起草的文稿，部长常要给他不少地方的修改。他们往往只用少数的经费，做出很多的事业。如赣东北省苏维埃政府的地雷部长，他是个撑船工人，他每月只用大洋三千元，能造出大小地雷一万五千个，顶小的地雷，六斤重一个，顶大的地雷，是一百二十斤重一个，二三十斤和四五十斤重的是中等的地雷。每个地雷，平均计算，只合大洋二角。他能够做出这样的成绩，就是他能够鼓励工人工作的积极性，提高工人的战争热情，故所费小而获效大。现在有不少的官僚政客、知识分子，看不起工农的力量，他们常不屑地说："无知识的东西。"其实工农的进步极快，他们一掌握政权，在共产党的领导教育之下，管理政治，有条有理，比较当今的执政者，贪污腐化，敷衍塞责的，要高明几百倍呢！

第四，苏维埃的刻苦精神。苏维埃目前是处在残酷的国内战争的环境中，一切物质，一切力量，都付与战争，苏维埃的工作人员，为战争的领导者，自应以身作则，节衣缩食，刻苦耐劳。为着战争，赣东北党和苏维埃工作人员，除食米外，每天都只发四分大洋的菜钱，苏区货物，虽都算便宜，但伙食是不算很好的。除伙食钱外，零用费是没有发过的。他们吃着这样的伙食，并无一句怨言，他们知道所做的工作不是为了哪个人的利益，而是为着阶级的利益，也就是为着他们自身的利益；他们知道革命成功后，将与苏联一样，实行社会主义的建设，那时的幸福，就会永无穷尽。他们忍受着目前暂时的艰苦，孜孜不倦地为着苏维埃工作。这正是他们深刻的阶级觉悟，与对阶级无限的忠诚的表现。

第五，苏维埃的自我批评的精神。苏维埃为工农政权，它公开承认自己的阶级性，它的政策和工作，都须对工农群众阐明解释，使群众了解并执行。它有时做了策略上的错误，或者它的个别工作人员的错误，它都对群众提出来说明，使群众认识。绝不遮掩自己的错误，更不迟缓错误的改正。它不像地主阶级的政府，利用自己御用的新闻报纸，天天向群众扯谎，不说一句真实话，明明是投降出卖，却要说“长期抵抗”，明明是鸦片官卖，却要说“严厉禁毒！”想以一手遮尽天下眼目。这种欺骗民众的勾当，是苏维埃政府所最坚决反对的，而却是地主资产阶级政府所赖以生存的一种要素。

苏维埃政府亲密地与工农群众连成一片，群众认苏维埃是自己的。

苏维埃时时刻刻都是想着如何去领导和组织工农群众去参加国内战争，因为这种战争正是阶级解放和民族解放必须进行的战争。这正如国际歌上所讲的“这是最后的战争！”这次战争胜利以后，就再不会有战争发生了。

苏维埃政府时时刻刻都在想着如何去改善群众的生活，使群众生活日渐向上，虽然群众在革命后的生活，比较革命前有着显著的进步，但苏维埃仍时刻关心他们的生活，设了许多方法，帮助和指导他们走进更进步的生活。

因为如此，群众对苏维埃的信仰和拥护，日益增高，他们诚心地服从苏维埃的指导，苏维埃决定要做的事，不用一点威力和强迫，他们都乐意地去做。他们宁愿牺牲一切，帮助苏维埃，他们爱护苏维埃，比爱护他们的家庭还更恳切！

因此，在第二次全国苏维埃大会上，毛主席称许赣东北苏维埃的工作说："赣东北省和兴国县的苏维埃工作，都是苏维埃工作的模范，主要的是因为他们能将战争动员与改善群众生活两下密切地联系起来。"（大意如此）毛主席的评语，是正确的。这段评语，更加提醒我们对苏维埃工作主要的注意点，使我们更加兴奋地去加紧工作。

"苏维埃模范省"这是一个难得的荣誉，赣东北的同志们，要努力工作，保持这个可宝贵的荣誉啊！

二十八、五次"围剿"的战争

五次"围剿"，是在帝国主义直接指挥和更大帮助之下举行的。敌人因一、二、三、四次"围剿"的惨败，第五次"围剿"是经过较长时期的准备，根据过去失败的经验教训，在战略战术上都有新的改进。不采取从前急进深入的战略，而以堡垒主义的战术，逐步向苏区推进，造成封锁线，逐渐缩小苏区，等苏区缩小到很小范围时，即举行总攻，来包围消灭红军。蒋介石在庐山召集军官训练团，训练他的干部，使了解并执行他的新战术。在财政准备上，即向帝国主义借款几万万元，以作五次“围剿”的战费。同时，加紧对苏区经济封锁，使苏区经济困难，无法长久支持下去。

集中最强大的军队进攻中央苏区，对其他各苏区也不放松进攻。

我们粉碎敌人五次“围剿”的战略战术，就是集中主力于敌人进攻的主要方向建筑堡垒工事，在自己堡垒工事面前，实行短促的突击，以打破敌人的进攻，保卫基本苏区！同时，广泛地开展游击战争，创造新的苏区。

我们在中央决议之下，开始了粉碎敌人五次“围剿”的战争。

首先，我们在红军和工农群众中，进行广泛深入的战争动员，这种动员，不止进行一次两次，而是不断地进行的。红军和苏区几十万工农群众的战争热情，都提高起来了，造成了浓厚的战争空气。

我们决定在各个险要的隘口上，建筑赤色堡垒。赤色堡垒的建筑，是要顾到敌人的大炮和飞机的轰炸，要建筑得十分坚固。每个堡垒，都要一万余工才能造成。群众是几千几千地动员来造赤色堡垒，抬石头的抬石头，砍树竹的砍树竹，挑土的挑土，在革命竞赛精神之下，他们忙着忙着地去做。他们虽没有学过军事、学过筑城学，但由于他们的战争热情和创造性，他们居然能够造出很坚固难攻的堡垒来。石堡在中心，堡外为有掩体的盖壕，壕外为铁丝网，网外为木城，木城外又是一道盖壕，壕外又是土城，土城外才角槎槎地装上鹿砦。这些近乎现代式的坚垒的筑城，真不能不令我们惊叹着群众力量的伟大！如果不是群众的力量，谁能在很短时间内，建筑起那么多那么坚固的堡垒来呢？

我们在横丰介石村，造第一个石硐，尚未造成，白军二十一师就派一团兵来攻，守兵为横丰独立营之第一连。因红军增援队没有迅速地增援，致被攻下，全连牺牲。白军也伤亡几百人。

我们不因这次的失利而灰心于堡垒战，仍继续建筑堡垒，以抵抗敌人。进攻的白军主力为二十一师，进攻的主要方向，为上饶、横丰，红十军因此也就经常在上饶、横丰作战。

红十军为保卫基本苏区，在五次战役中，打了几十次激烈的血战，其中以横丰莲荷之战、上饶坑口之战和横丰管山之战，打得最为猛勇！莲荷之战是一夜的血战，红十军攻下了敌之一个排堡，夺获了步枪和机关枪。坑口之战，是一夜的猛攻，屡退屡进；管山之战，是一日一夜的激战，双方打得血肉横飞！这三战虽没有将敌人击退，但给了敌人重大的打击和威胁。在这三战中，我军伤亡近八百人，如此，可见红十军的英勇作战不怕牺牲的精神。敌人的伤亡总在千数百人。

红军本长于运动战，很少打过堡垒战的。但从五次战争起，不但我红十军能打堡垒战，而且各县独立营、团甚至游击队也都能学会打堡垒战了。赤色堡垒，我们都是派很少数的枪固守的,有的赤堡只有三支枪。主力红军是拿来做突击部队。这些守备队，在为“苏维埃政权流最后的一滴血，以血与肉保卫基本苏区”的口号之下，都很坚决顽强地固守自己的阵地，直到阵地不能再固守时，他们往往与自己的阵地同殉。

在此，我要特地提出几个模范的赤堡守备队英勇作战的事迹来，以表示我对他们的纪念和敬意！

莲荷赤堡的守备队，可以说是很坚决的。敌人的碉堡，离开它只有二百米，敌人自第一次进攻这赤堡遭受了严重打击后，不敢再攻，天天只开炮对准赤堡打，每天总要打三四十炮，赤堡被炮弹穿成大洞，外墙工事被打破，守备队毫不动摇，就是有被炮弹炸伤的，也躺着不呻吟一声，为的是怕动摇别个守兵的决心！如此支持了一个多月，敌人的飞机，也飞来三次向赤堡抛了几十个炸弹未命中。后因敌人在赤堡的后方建堡，断绝了接济，才用绳迫下堡来。

上饶老鸦尖的赤堡，敌人向它放了一千余炮，赤堡的上层，打了一个一丈宽阔的大洞，但守备队仍坚持固守着。有一天，敌人打了二百余炮，一炮穿进赤堡，将堡内的稻草燃烧起来，烧出很大的烟。敌人看到，都拍手大叫："堡垒打坍了！堡垒打坍了！赶快冲上去！"就有敌人一营向赤堡冲来。我守备队放着他们冲过来，不打枪也不作声，只是将步枪上好子弹瞄准着，将榴弹上好底火，将埋好的地雷的绳子捏住在手里，等到敌人冲到工事边，动手破坏鹿砦时，于是步枪、榴弹、地雷都一齐打起来，打得烟雾弥天！未一刻钟，这一营敌人的大部分都横尸堡前，其余都受伤，未伤的只有几十个人，大家搀扶着退走了。晚间，我守备队出堡，拾到好些枪和子弹。上饶党和苏维埃的工作同志也真是勇敢，当晚就带了一百多群众，每人驮一块五六十斤重的石头，爬上一千五百米高的老鸦尖堡垒上去，将打破了的堡垒又填补起来。第二天敌人又打了二百余炮，我守备队却召集党的会议，检阅昨日的战斗，并互相鼓励要坚持到底！第三天第四天敌人都放了同数的炮，堡垒打破了，晚间又去补上。

第五天，敌人以十生的五野炮一门，七生的五钢炮二门，重迫击炮二门，连珠地向赤堡打来，打了二百余炮时，赤堡的上层倒塌下来，周围的鹿砦、木城、外墙和壕坑统被炮弹轰平。于是敌人以五营兵力，由四面冲上来，机关枪响得像炒油麻一样，掩护他们冲锋。我守备队既无掩体抵抗，只好躲入赤堡的下层，但下层没有开枪眼，不能还击，只贮了黑硝三百余斤及大小地雷二百余个。等敌人围拢了赤堡，我守备队知无生望，犹不忘杀敌，乃投火硝中，轰然一声，赤堡像天崩地裂一般地开炸了，敌人炸死不少，我二十余名英勇的守备队，也全部炸得无影无踪了！我一想起他们如此壮烈的牺牲，总忍不住要滚出眼泪来！

总计敌人攻我这个赤堡，打了一千余炮。我十五支枪的守备队，竟坚持抵抗了五天，最后以身殉堡，比较日本帝国主义进攻济南城和沈阳城，还没有打几十炮，而十几万大军，即无抵抗地溃窜，我觉得我们是可以无愧的了。

再还要说到横丰青山殿的阵地，我守备队也只有十五支枪。敌人以五营兵来攻，在三天之内，也打了五百余炮，将我阵地上的工事都轰平了。敌人六次冲锋都被我守备队消灭和击退，第七次终被冲上来了，这时我守备队的子弹和榴弹都打完了。我守备队长被敌炮轰坍石门压死时，左右两手还各捏住一个装好底火的榴弹。

此外，贵溪、怀玉、乐平、德兴各县赤堡的守备队，都作出光荣的战绩，此地不能详述。

同志们！请你们接受我热烈的革命敬礼！我是至死都不忘记你们啊！

为打破敌人五次“围剿”，上万的工农群众，被动员上火线了。他们组织起工农游击队，他们没有快枪，只有以地雷为杀敌的主要武器。在党的领导督促之下，地雷杀敌，发扬了极大的威力，每天要打死打伤敌人两三百，打得敌人只躲在乌龟壳内，不敢出外一步。我想，假使我们与帝国主义开战，我们有了新式的地雷，全国工农群众都发动起来埋地雷杀敌，定可以打得帝国主义的军队无办法。

这里，我要说到我们兵工厂的工友了！他们无产阶级的积极性创造性，真是令人敬佩！在五次战役中，他们加紧工作，子弹比较从前多造出百分之三百，榴弹多造出百分之五百，迫击炮弹改良了，而且多造出百分之四百。他们用少得可怜的机器（只有一架车床），居然造出了花机关和轻机关枪，更居然造出了好几门小钢炮来。当他们第一次试炮，听到轰然一声，炮弹平射出去，弹落处打进土内三尺多深的时候，他们乐得像发狂一般地吼跳起来！自后，他们的铁锤，打得更着力更响了，火炉镇日夜地红燃着，车床镇日夜地在转动，他们的热诚、努力和创造性，完全表现出革命先锋队的精神和榜样来！如此，我更坚信，中国到了社会主义的建设时，中国的无产阶级必能与苏联的无产阶级媲美。

关于五次战争的经济动员，也得到工农群众热烈的响应！他们的确是实行了“节衣缩食”的口号。他们原就很少的四分大洋一天的伙食费，还要从中节省出半分一分来帮助战费。在推销粉碎敌人五次“围剿”的决战公债时，大部分工人都自愿地拿出三个月的工资来购买公债票；红军战士，纷纷写信回家，要家里粜谷送钱来买公债票。（红军这次买公债票，买了飞机！）苏区的男女老少，都拿出钱买公债票。乐平有一个妇女买了三百元的公债票。发行十万元决战公债票，结果超过预定额四万元。

游击战争，在党的领导之下开展了，特别是皖赣皖南游击战争的胜利，创造了游击区域，现已成为新的苏区。中央的意见，认为在五次战役中，赣东北的游击战争，是可作为模范的。

我们——党、团、苏维埃、红军以及全苏区的工农群众，在五次战争中，虽然尽了最大的努力，虽然给了敌人重大的打击，打死打伤敌人在五万人以上，但终没有将敌人打退，敌人步步筑垒前进，终于迫近了我们扎机关的葛源。其原因有下列几点：

一、敌人有飞机大炮的重兵器，而我们没有。敌人能用炮火毁坏我们坚固的堡垒，而我们没有炮火去毁坏他们极简单极薄弱的碉堡，他们欺我们无炮，只造个简单薄弱的碉堡，已足以抵抗我们的进攻；他们造这样的碉堡，费力不大，可以造得快，造得多。

二、我们差不多是等于没有建立谍报工作，不明了敌人行动的计划，眼睁睁地失去了许多胜利的机会。

三、我们过于机械地执行中央革命军事委员会规定的战略，而不知灵活地将主力红军调动打击弱的敌人——如五五、五七、十二、浙江保安师。我们红十军打他们，是可以拿得住得胜的。（这与未建立很确实的谍报工作，有密切关系。）

四、我们在战术上有许多缺点。每次战争，总因战术上的缺点，减少胜利的获得或甚至遭受损失。

我们是没有胜利地完成五次战争的任务。

因为根据地范围的日渐缩小，苏区壮丁的减少，经济和财政的困难，更因中央野战军出动的影响，主力红十军乃决定离开赣东北苏区，开去皖南行动，企图在皖南创造一块新的苏区出来。

二十九、皖南的行动

红十军团开皖南行动的主要任务，是要争取野战的胜利。开展游击战争与群众斗争，创造皖南新的苏维埃根据地，配合全国红军的战斗，争取全线的反攻形势，以最后的击破敌人的五次“围剿”。中央命令我为红十军团政治委员会的主席，以领导这次行动。我对于这次行动的胜利，是有极坚决的信心的；虽然我的痔疮大发，每天流很多脓血，不但不能走路或骑马，而且不能坐椅子，要坐总是半躺着坐，我还是忍住痔痛出发，我下了决心去完成党所给我的任务。党要我做什么事，虽死不辞。

红军北上抗日先遣队（原为七军团，后改为十九师）先两星期出发，它经玉山、常山、遂安、淳安、分水，折入皖南的旌德而至太平。它与浙保安师和补充五旅，各接战一次，均获胜，并攻下旌德县城。我们红十军（后改为二十师）由德兴出发，经开化、婺源、休宁而至太平。我们沿途无战，只拆毁敌筑的碉堡百余座。到兰渡地方，截获了敌二十一旅的汽车四辆，获枪百余支，迫击炮二门，我们早就用无线电约好，两军在太平县的汤口会合了。会合之后，大家情绪都很高涨。

我们会合后在皖南打的第一仗，就是谭家桥之战。这一仗关系重大，差不多是我们能不能在皖南站脚，完成自己的战斗任务的一个关键！两方的兵力，我方为九个营，敌方为十个营，为俞济时所指挥。经过八小时的激战，结果我们掩护退却。主要原因是战术上的缺点：第一，地形的选择不好，敌人占据马路，是居高临下，我们向敌冲锋，等于仰攻。第二，钳制队与突击队没有适当的配备。我们没有集中主要力量，由右手矮山头打到马路上去。第三，十九师是以有用之兵，而用于无用之地，钻入一个陡峻的山峡里，陷住不能用出来。十九师的指挥员没有十分尊重军团指挥员的意志，凭着自己的意志去作战，形成战斗指挥之未能完全一致。

因此，这仗没有解决战斗任务，虽然只损失二十余支枪，但人员伤亡三百余人，尤其是干部伤亡过多。十九师师长寻淮洲同志，因伤重牺牲了！他是红军中一个很好的指挥员，他指挥七军团，在两年之间，打了许多有名的胜仗，缴获敌枪六千余支，轻重机枪三百余架，并缴到大炮几十门。他还只有二十四岁，很细心学习军事学，曾负伤五次，这次打伤了小肚，又因担架颠簸牺牲了！当然是红军中一个重大的损失！八十七团团长黄英特同志也在阵上牺牲，他是从井冈山斗争下来的同志，曾负伤四次，每次作战都极英勇地站在前线指挥。此外还有好几个负重要工作的同志负伤。这不能不影响红十军团的战斗情绪。

自此战后，就没有与敌人做过激烈的决战，虽经过大小十余战，总是小战获胜，大战掩护退却，一路避战，以致最后被迫离开皖南。

在皖南行动不能完成任务的主要原因：（一）谭家桥之战，因战术上的缺点而失利。（二）自谭家桥战后，采取右倾的避战路线，没有下决心争取战术上的优势，与敌人决战，消灭敌人。因一味避战，使红军不但不能得到必需的休息，而且常常走小路，爬高山，致全军过度地疲劳。（三）帮助红军战斗的游击战争，没有很快地进行。（四）在每天行军中，政治工作与军事训练管理，都没有积极进行，军中存在的“没有时间来进行工作”的观点，没有及时揭破，鼓励全军指挥、政治工作人员忘餐废寝地来进行工作。（五）军纪已随之放松，有不少违反重要军纪者，没有立即予以处分。（六）客观的原因，就是敌人兵力比我们占绝对优势，而皖南党给我们的帮助是太不够了。皖南工作，因保守主义没有很早派得力同志来建立，后派来的主要负责同志，又犯了右倾错误，损害工作不少！总括的说，皖南行动的主要错误，是政治领导上的右倾，和军事指挥上的犹豫迟疑！

中央因我军在皖南行动的困难，来电要我们改向浙西南行动,我们就在一九三五年一月十日离开了皖南。

三十、在怀玉山被围

红十军团在皖南行动一个多月，没有得到一天很好的休息，队伍确是疲乏不堪，战斗情绪和战斗力也降落得很。在如此情形之下，找一个地方休息整顿，当然是必需的。但赣东北苏区，自红十军离开后，已被敌人造了纵横的好几条封锁线（这种情形事先未得电报，不知道），已不能再为主力红军休养整顿之所。一来，进苏区通过敌人封锁线很难；二来，进了苏区，在被封锁线圈得很小的地方内，易被敌人包围；三来，再出苏区，又要通过封锁线，更加困难。当时，我却只顾到军队的急需休养，就没有严重注意上列的困难，依着从前斗争的经验，以为到了苏区总有办法可想，故决定进入赣东北暂行休整，不料这种决定，正等于老鼠钻牛角，为这次失败的主因！

我们由开化的杨林，越过好几条高岭，才到了港头村，大家都已走得精疲力竭，同时又买不到米煮大锅饭吃，各人找到了一点米，就各用洋瓷缸煮饭吃，这样就更造成队伍的涣散，而无法指挥。这时，真是到了弹尽粮绝人疲乏的地步，队伍差不多是完全丧失了战斗力。我军刚达到港头，敌补充五旅已由捷径追击到了港头，两下开火一打，我军被打成两段。前一段约八百人，由我与乐、刘、粟诸同志带到陈家湾村；后一段约二千人，则由刘畴西、王如痴同志率领。前段的队伍，当晚就由陇首通过进赣东北苏区了。我因大队伍尚在后面，在责任上我不能先走，故留下与刘、王同志会齐。这时，敌四十九师、二十一旅、浙保安师都赶到了，敌人共有十四团兵力在纵横不过十五里的周围驻守着，我们已处在敌重重包围之中。

我们决定通过金竹坑的封锁线，这是一个生死关头！这次若通过去，队伍可以保存，不致损失；但当时，我们对被敌包围的危险性，估计不足，没有下最大决心，硬冲过去。在金竹坑敌人打枪拦阻之下（敌只一排人），仍旧折回，这就算是决定了我们的死命！

第三天，我们就在八磜、分水关之间被围。开始，我们分兵抵御八磜来堵我之敌及怀玉山来追我之敌，激战五小时，八磜之敌几次冲锋都击退了，怀玉山之敌，没有击退，冲上来了；我军向另一条路退走时，敌四十九师又从三亩、八亩地方拦头打来。这时，指挥员动摇，不沉着指挥应战，队伍也就无秩序地乱跑，躲到树林中去了。敌人从山上缓缓地下来，并没有缴到我们的枪。

晚间，我站在山头大声叫喊，并烧着两堆大火，喊藏躲着的红军出来，被我喊出八十余人，其余，因疲劳过度又饥饿无力，都睡着不起来。

次日，敌四处搜山，所有躲在树林里的战斗员，大部分搜了出来。就在那一天被俘去八百余人，缴去枪四百余支。以后连续十余天的搜索，几支枪十几支枪几十支枪被搜缴去的近五六百支。八年斗争创造出来的红十军团，除皖南留下一营与已转回赣东北八百人外，差不多是完全损失了！

红十军被敌一批一批地缴枪的时候，我躲在树林里，真是心痛如刀割！几次想拿起手枪向自己脑壳上放一枪自杀，但转念：自杀非共产党员应取的行动，这次遭了失败，就悲观不干了吗？不！还是要干！损失了这部队伍，凭着我们半年一年的努力，仍是很快可以恢复起来的，怕什么！悲观什么！总要紧紧记起这次血的经验教训，努力地干！忘餐废寝地干！不怕不成功的！本来我是可以到白区去暂避一下，但念着已有一部分队伍回赣东北，中央给我们的任务又刻不容缓地要执行，所以决心冒险很快转回赣东北，一方面接受中央的批评和处分，开会总结皖南行动，作出结论，同时，整顿队伍，准备再出。因此，我与刘畴西同志冒雨冒雪，不分昼夜地爬山越岭，要偷过敌人封锁线！虽然七天没有吃饭，饿得两脚走不稳，打破脚；虽然整天冻得发抖，虽然每晚不得睡眠，人是疲劳到了万分，但我总是咬紧牙关，忍受下去！吃不得苦，革不得命，苦算什么，愈苦愈要干，愈苦我越快乐。想至此，我独自微微地笑了。“反动派呀！反动派！这次，我们若能逃出罗网，我们要与你拼一死命！不打倒你，我们是不会休止呀！”我躲在树林中冻得浑身发抖的时候，总是独自细声地自语！

不幸得很，我们终没有逃出敌人的罗网，而在陇首封锁线上被白军四十三旅俘住了。

十余年积极斗争的我，在可痛的被俘的一天——一九三五年一月二十七日以后，再不能继续斗争了！

三十一、被俘以后

地主们！资本家们！国民党的军阀们！不错，我是你们的敌人，你们一个可怕的敌人！你们出赏洋八万元来捉我，出三万元来捉我们的刘畴西同志，出二万元来捉王如痴同志，现在都被你们捉住了。呵！你们张开满口獠牙的血口哈哈地笑了！你们开庆祝会来庆祝你们的胜利了！你们满心欢喜以为又可安心去吞食工农群众的血肉了。且慢，吃人的东西！莫要欢乐过度！我们虽死，继续我们斗争的，还有千千万万的人呀！你们只能杀死我们几个，决不能消灭中国革命啦！相反的，中国革命工农的铁拳，终有一天会将你们完全打得粉碎！

当我两次冲封锁线没有冲过去的时候，天已大亮，又钻在敌人碉堡监视之中，无法再跑，只得用烂树叶子，铺在身上，睡在柴窝里。心里想着：“方志敏呀！你的斗争，就在这次完结了吧！”又转心一想：“不要管它吧，如被搜出，只是一死了事；如万一不被搜出，那还可以做几十年工作凑。”想至此，心里倒泰然起来了。白军搜索六点多钟之久，都没有搜到我，后来却被两个白军士兵无意中发现了。我从柴窝里站起来，就被他们拉去白军营部，后押到陇首的团部，才知刘畴西同志已先我被捕了。当我到陇首团部时，团长是一个胖胖的麻子，副团长稍瘦。他们都笑容满脸地迎了出来，表现出他们将得首功的欢悦。他们虚伪地对我说了恭维话，我也得对他们点头笑笑。晚间，他们要求我写点文字，我就写了几百字的略述，略述中着重说明：只有苏维埃才能救中国，我相信革命必能得最后的胜利，我愿为革命牺牲一切等，以免他们问东问西的讨厌。

次日解玉山，再解上饶，就钉起了脚镣。自生以来，没有带过脚镣，这次突然钉起脚镣，一步也不能行。上饶反动派召集“庆祝生擒方刘大会”，他们背我到台口站着，任众观览。我昂然地站着，睁大眼睛看台下观众。我自问是一个清白的革命家，一世没有做过一点不道德的事（这里是指无产阶级的道德），何所愧而不能见人。观众看到我虎死不倒威的雄样子，倒很惊奇起来。过后他们怎样说我，我不能知道也不必去过问了。到了弋阳和南昌，也同样做了这套把戏，我也用同样的态度登台去演这幕戏。

经过我们不客气地说话，军法处算是优待了我们，开三餐饭，开水尽喝（普通囚犯一天只吃两餐饭，喝两次开水），并还送了几十元给我们另用。但我们比普通囚犯，却要带一副十斤重的铁镣，这恐怕是特别优待吧！

我写一个条子给军法处，要求笔墨写我的斗争经过及苏维埃和红军的建设，军法处满口答应，以为我是要写什么有益于他们党国的东西。我在狱中写下这一本略述，当然是出于他们意料之外的。

我与刘畴西、王如痴、曹仰山同志同押在一个囚室内。仰山初进狱时，虽身负三伤，但胃口很好，每餐要吃黄米饭，吃了三天就病了。愈病愈凶，以后病得聋天哑地，对面都认不清人。刘、王两人常下棋，我对棋是个门外汉，看也无心去看，只是看书与写文字。我曾嘱王写一写红军的建设，他认为写出寄不出，没有意义，不肯写，仍旧与刘整日下棋。我因他的话，也停了十几天没有执笔，连前写好了万余字的稿子都撕毁了，后因有法子寄出，才又重新来写。

我们是共产党员，当然都抱着积极奋斗的人生观，绝不是厌世主义者，绝不诅咒人生，憎恶人生，而且愿意得脱牢狱，再为党工作。但是，我们绝不是偷生怕死的人，我们为革命而生，更愿为革命而死！到现在无法得生，只有一死谢党的时候，我们就都下决心就义。只是很短时间的痛苦，砰的一枪，或啪的一刀，就完了，就什么都不知道了！我们常是这样笑说着。我们心体泰然，毫无所惧，我们是视死如归！

早晨醒了，还睡在被窝里睁开眼睛未起来，这时候，最容易发生回忆。在回忆中最使我感觉痛苦的，就是想到这次红十军团的失利！当时，不懂得错误在哪里，现在想起来，明明白白的，哪些是错了的，哪些是失败的根源，如果不那样做，如果这样做，哪还会失败？自己哪还会做俘虏？正如刘、王下棋，忽然一个叫起来："唉！动错了一着！""蠢子！木头！为何从前都精明，而这次却如此糊涂！”我在自己骂自己。有时，我捏紧拳头用力地向自己身上捶一拳，独自忿忿地说：“打死你这个无用的死人！”“唉！唉！羞辱呵！被万恶的国民党，缴枪……俘虏……”我的眼睛觉得有点潮热了。

“老方，你在做什么，还不起来！”刘或王在喊我。“大错已成，回想何益，算了吧！”我从被窝里爬起来。

我们在饭后或临睡之前，总会坐在一起谈话，谈话的范围很广，差不多各种问题都谈到。当谈到我们这次惨败的影响时，大家都感到一种异常的沉痛！“我们的中央，一面要责备我们，一面又要可惜我们！”王说。“呵！赣东北的同志们，这次你们都吃了我们失败的大亏！你们又要重过一九二八年的艰苦生活了！”我说。谈至此，大家都静默下来，不是调转话头谈别的，就是各自移动钉着铁镣会叮叮当当响的脚，回到自己竹床上倒卧下去！

红十军团三十五个干部从杭州解到军法处来了。他们都用绳子绑起手，满身淋着雨，一个兵押着一个，从电灯光下走进来。我清清楚楚地看见他们，啊！可敬可爱的同志，因为我领导的错误，害得你们受牢狱之苦，我真愧对你们了！

军法处以我与刘、王在一处，不便向我劝降，于是将我移到所谓优待室内来住，房屋较好，但很寂寞。自到优待室后，无人谈话，只是一天到晚地写文稿。吃人的国民党，你想我投降，呸！你是什么东西，一伙强盗！一伙卖国贼！一伙屠杀工农的刽子手！我是共产党员，我与你是势不两立，我要消灭你，岂能降你？我既被俘，杀了就是，投降，只证明你们愚笨的幻想而已！

因同狱难友的友谊，传阅报纸，得悉我中央红军在黔北大胜利，消灭了王家烈匪军的全部及薛岳两师，红四方面军在川北，肖、贺红军在湘南同样获得胜利，不禁狂喜！暗中告诉了在狱同志。亲爱的全国红军同志们！我在狱中热诚地庆祝你们的伟大胜利，并望你们在党中央的正确领导之下，坚决战斗，全部消灭白军，创造苏维埃新中国！

无意看到了刘炳龙，他是贵溪人，老十军渡河时，他是一个团政委，他到中央苏区以后，分配地方工作，似乎当过闽赣省委书记；我望见他，点头招呼他，他也向我微微点了点头。后看守兵告诉我，他是拖枪来投降的，初不相信，一查果是真的。呀！你也这样无耻去做叛徒！可杀的叛徒！好吧！你与孔荷宠这个跌落的垃圾，一块去进国民党肮脏的垃圾桶吧！

昨天下午，军法处将李树冰、胡天桃、周群三同志牵出去枪决了！同志们！你们先死几天，我们马上就要跟着来死的，我不必为你们伤心了！

阅报，知江西的反动派，正在筹备一个大规模的剿匪阵亡将士追悼会，我就想到，就在追悼会的那天，他们一定会绑我们出去杀头，去做追悼大会的祭品。在我眼中，立刻现出一幅这样的图画：四颗鲜血淋淋的头，摆在他们阵亡将士的祭案上，许多西装或挂皮带的法西斯蒂们，都在张开血口狞笑！这就是我们生命的结幕。我想到这里，并不恐怖；这样的死，也很痛快！“看守同志，替我去买碗面来吃吧！”

这篇略述，从此结束，底下附录我在狱中写出的几封信。

可爱的中国

这是一间囚室。

这间囚室，四壁都用白纸裱糊过，虽过时已久，裱纸变了黯黄色，有几处漏雨的地方，并起了大块的黑色斑点；但有日光照射进来，或是强光的电灯亮了，这室内仍显得洁白耀目。对天空开了两道玻璃窗，光线空气都不算坏。对准窗子，在室中靠石壁放着一张黑漆色长方书桌，桌上摆了几本厚书和墨盒茶盅。桌边放着一把锯短了脚的矮竹椅；接着竹椅背后，就是一张铁床；床上铺着灰色军毯，一床粗布棉被，折叠了三层，整齐地摆在床的里沿。在这室的里面一角，有一只未漆的未盖的白木箱摆着，木箱里另有一只马桶躲藏在里面，日夜张开着口，承受这室内囚人每日排泄下来的秽物。在白木箱前面的靠壁处，放着一只蓝瓷的痰盂，它像与马桶比赛似的，也是日夜张开着口，承受室内囚人吐出来的痰涕与丢下去的橘皮蔗渣和纸屑。骤然跑进这间房来，若不是看到那只刺目得很不雅观的白方木箱，以及坐在桌边那个钉着铁镣一望而知为囚人的祥松，或者你会认为这不是一间囚室，而是一间书室了。

的确，就是关在这室内的祥松，也认为比他十年前在省城读书时所住的学舍的房间要好一些。

这是看守所优待号的一间房。这看守所分为两部，一部是优待号，一部是普通号。优待号是优待那些在政治上有地位或是有资产的人们。他们因各种原因，犯了各种的罪，也要受到法律上的处罚；而他们平日过的生活以及他们的身体，都是不能耐住那普通号一样的待遇；把他们也关到普通号里去，不要一天两天，说不定都要生病或生病而死，那是万要不得之事。故特辟优待号让他们住着，无非是期望着他们趁早悔改的意思。所以与其说优待号是监狱，或者不如说是休养所较为恰切些，不过是不能自由出入罢了。比较那潮湿污秽的普通号来，那是大大的不同。在普通号吃苦生病的囚人，突然看到优待号的清洁宽敞，心里总不免要发生一个是天堂，一个是地狱之感。

因为祥松是一个重要的政治犯，官厅为着要迅速改变他原来的主义信仰,才将他从普通号搬到优待号来。

祥松前在普通号，有三个同伴同住，谈谈讲讲，也颇觉容易过日。现在是孤零一人，整日坐在这囚室内，未免深感寂寞了。他不会抽烟，也不会喝酒，想借烟来散闷，酒来解愁，也是做不到的。而能使他忘怀一切的，只是读书。他从同号的难友处借了不少的书来，他原是爱读书的人，一有足够的书给他读读看看，就是他脚上钉着的十斤重的铁镣也不觉得它怎样沉重压脚了。尤其在现在，书好像是医生手里止痛的吗啡针，他一看起书来，看到津津有味处，把他精神上的愁闷与肉体上的苦痛，都麻痹地忘却了。

到底他的脑力有限，接连看了几个钟头的书，头就会一阵一阵地胀痛起来，他将一双肘节放在桌上，用两掌抱住胀痛的头，还是照旧看下去，一面咬紧牙关自语："尽你痛！痛！再痛！脑溢血，晕死去罢！"直到脑痛十分厉害，不能再耐的时候，他才丢下书本，在桌边站立起来。或是向铁床上一倒，四肢摊开伸直，闭上眼睛养养神；或是在室内从里面走到外面，又从外面走到里面地踱着步；再或者站在窗口望着窗外那么一小块沉闷的雨天出神；也顺便望望围墙外那株一半枯枝、一半绿叶的柳树。他一看到那一簇浓绿的柳叶，他就猜想出遍大地的树木，大概都在和暖的春风吹嘘中，长出艳绿的嫩叶来了——他从这里似乎得到一点儿春意。

他每天都是这般不变样地生活着。

今天在换班的看守兵推开门来望望他——换班交代最重要的一个囚人——的时候，却看到祥松没有看书，也没有踱步，他坐在桌边，用左手撑住头，右手执着笔在纸上边写边想。祥松今天似乎有点什么感触，要把它写出来。他在写些什么呢？啊！他在写着一封给朋友们的信。

亲爱的朋友们：

我终于被俘入狱了。

关于我被俘入狱的情形，你们在报纸上可以看到，知道大概，我不必说了。我在被俘以后，经过绳子的绑缚，经过钉上粗重的脚镣，经过无数次的拍照，经过装甲车的押解，经过几次群众会上活的示众，以至关入笼子里，这些都像放映电影一般，一幕一幕地过去！我不愿再去回忆那些过去了的事情，回忆，只能增加我不堪的羞愧和苦恼！我也不愿将我在狱中的生活告诉你们。朋友，无论谁入了狱，都得感到愁苦和屈辱，我当然更甚，所以不能告诉你们一点什么好的新闻。我今天想告诉你们的却是另外一个比较紧要的问题，即是关于爱护中国、拯救中国的问题，你们或者高兴听一听我讲这个问题罢。

我自入狱后，有许多人来看我。他们为什么来看我，大概是怀着到动物园里去看一只新奇的动物一样的好奇心罢？他们背后怎样评论我，我不能知道，而且也不必一定要知道。就他们当面对我讲的话，他们都承认我是一个革命者；不过他们认为我只顾到工农阶级的利益，忽视了民族的利益，好像我并不是热心爱中国爱民族的人。朋友，这是真实的话吗？工农阶级的利益，会是与民族的利益冲突吗？不，绝不是的，真正为工农阶级谋解放的人，才正是为民族谋解放的人，说我不爱中国不爱民族，那简直是对我一个天大的冤枉了。

我很小的时候，在乡村私塾中读书，无知无识，不知道什么是帝国主义，也不知道帝国主义如何侵略中国，自然，不知道爱国为何事。以后进了高等小学读书，知识渐开，渐渐懂得爱护中国的道理。一九一八年爱国运动波及我们高小时，我们学生也开起大会来了。

在会场中，我们几百个小学生，都怀着一肚子的愤恨，一方面痛恨日本帝国主义无餍的侵略，另一方面更痛恨曹、章等卖国贼的狗肺狼心！就是那些年轻的教师们（年老的教师们，对于爱国运动，表示不甚关心的样子），也和学生一样，十分激愤。宣布开会之后，一个青年教师跑上讲堂，将日本帝国主义提出的灭亡中国的二十一条，一条一条地边念边讲。他的声音由低而高，渐渐地吼叫起来，脸色涨红，渐而发青，颈子胀大得像要爆炸的样子，满头的汗珠子，满嘴唇的白沫，拳头在讲桌上捶得砰砰响。听讲的我们，在这位教师如此激昂慷慨的鼓动之下，哪一个不是鼓起嘴巴，睁大着眼睛——每对透亮的小眼睛，都是红红的像要冒出火来；有几个学生竟流泪哭起来了。朋友，确实的，在这个时候，如果真有一个日本强盗或是曹、章等卖国贼的哪一个站在我们的面前，那怕不会被我们一下打成肉饼！会中，通过抵制日货，先要将个人身边的日货销毁去，再进行检查商店的日货，并出发对民众讲演，唤起他们来爱国。会散之后，各寝室内扯抽屉声，开箱笼声，响得很热闹，大家都在急忙忙地清查日货呢。

“这是日货，打了去！”一个玻璃瓶的日本牙粉扔出来了，扔在阶石上，立即打碎了，淡红色的牙粉，飞洒满地。

“这也是日货，踩了去！”一只日货的洋瓷脸盆，被一个学生倒仆在地上，猛地几脚踩凹下去，瓷片一片片地剥落下来，一脚踢出，瓷盆就像含冤无诉地滚到墙角里去了。

“你们大家看看，这床席子大概不是日本货吧？”一个学生双手捧着一床东洋席子，表现很不能舍去的样子。

大家走上去一看，看见席头上印了“日本制造”

四个字，立刻同声叫起来：“你的眼睛瞎了，不认得字？你舍不得这床席子，想做亡国奴？”不由分说，大家伸出手来一撕，那床东洋席，就被撕成碎条了。

我本是一个苦学生，从乡间跑到城市里来读书，所带的铺盖用品都是土里土气的，好不容易弄到几个钱来，买了日本牙刷，金刚石牙粉，东洋脸盆，并也有一床东洋席子。我明知销毁这些东西，以后就难得钱再买，但我为爱国心所激动，也就毫无顾惜地销毁了。我并向同学们宣言，以后生病，就是会病死了，也决不买日本的仁丹和清快丸。

从此以后，在我幼稚的脑筋中，做了不少的可笑的幻梦：我想在高小毕业后，即去投考陆军学校，以后一级一级地升上去，带几千兵或几万兵，打到日本去，踏平三岛！我又想，在高小毕业后，就去从事实业，苦做苦积，哪怕不会积到几百万几千万的家私，一齐拿出来，练海陆军，去打东洋。读西洋史，一心想做拿破仑；读中国史，一心又想做岳武穆。这些混杂不清的思想，现在讲出来，是会惹人笑痛肚皮！但在当时我却认为这些思想是了不起的真理，愈想愈觉得津津有味，有时竟想到几夜失眠。

一个青年学生的爱国，真有如一个青年姑娘初恋时那样的真纯入迷。

朋友，你们知道吗？我在高小毕业后，既未去投考陆军学校，也未从事什么实业，我却到N城来读书了。N城到底是省城，比县城大不相同。在N城，我看到了许多洋人，遇到了许多难堪的事情，我讲一两件给你们听，可以吗？

只要你到街上去走一转，你就可以碰着几个洋人。当然我们并不是排外主义者，洋人之中，有不少有学问有道德的人，他们同情于中华民族的解放运动，反对帝国主义对中国的压迫和侵略，他们是我们的朋友。只是那些到中国来赚钱，来享福，来散播精神的鸦片——传教的洋人，却是有十分的可恶的。他们自认为文明人，认我们为野蛮人，他们是优种，我们却是劣种；他们昂首阔步，带着一种藐视中国人、不屑与中国人为伍的神气，总引起我心里的愤愤不平。我常想："中国人真是一个劣等民族吗？真该受他们的藐视吗？我不服的，决不服的。"

有一天，我在街上低头走着，忽听得“站开！站开！”的喝道声。我抬头一望，就看到四个绿衣邮差，提着四个长方扁灯笼，灯笼上写着：“邮政管理局长”几个红扁字，四人成双行走，向前喝道；接着是四个徒手的绿衣邮差；接着是一顶绿衣大轿，四个绿衣轿夫抬着；轿的两旁，各有两个绿衣邮差扶住轿杠护着走；轿后又是四个绿衣邮差跟着。我再低头向轿内一望，轿内危坐着一个碧眼黄发高鼻子的洋人，口里衔着一支大雪茄，脸上露出十足的傲慢自得的表情。“啊！好威风呀！”我不禁脱口说出这一句。邮政并不是什么深奥巧妙的事情，难道一定要洋人才办得好吗？中国的邮政，为什么要给外人管理去呢？

随后，我到K埠读书，情形更不同了。在K埠所谓租界上，我们简直不能乱动一下，否则就要遭打或捉。在中国的地方，建起外人的租界，服从外人的统治，这种现象不会有点使我难受吗？

有时，我站在江边望望，就看见很多外国兵舰和轮船在长江内行驶和停泊，中国的内河，也容许外国兵舰和轮船自由行驶吗？中国有兵舰和轮船在外国内河行驶吗？如果没有的话，外国人不是明白白欺负中国吗？中国人难道就能够低下头来活受他们的欺负不成？！

就在我读书的教会学校里，他们口口声声传那“平等博爱”的基督教；同是教员，又同是基督信徒，照理总应该待遇平等；但西人教员，都是二三百元一月的薪水，中国教员只有几十元一月的薪水；教国文的更可怜，简直不如去讨饭，他们只有二十余元一月的薪水。朋友，基督国里，就是如此平等法吗？难道西人就真是上帝宠爱的骄子，中国人就真是上帝抛弃的下流的瘪三？！

朋友，想想看，只要你不是一个断了气的死人，或是一个甘心亡国的懦夫，天天碰着这些恼人的问题，谁能按下你不挺身而起，为积弱的中国奋斗呢？何况我正是一个血性自负的青年！

朋友，我因无钱读书，就漂流到吸尽中国血液的唧筒——上海来了。最使我难堪的，是我在上海游法国公园的那一次。我去上海原是梦想着找个半工半读的事情做做，哪知上海是人浮于事，找事难于登天，跑了几处，都毫无头绪，正在纳闷着，有几个穷朋友，邀我去游法国公园散散闷。一走到公园门口就看到一块刺目的牌子，牌子上写着“华人与狗不准进园”几个字。这几个字射入我的眼中时，全身突然一阵烧热，脸上都烧红了。这是我感觉着从来没有受过的耻辱！在中国的上海地方让他们造公园来，反而禁止华人入园，反而将华人与狗并列。这样无理地侮辱华人，岂是所谓“文明国”的人们所应做出来的吗？华人在这世界上还有立足的余地吗？还能生存下去吗？我想至此也无心游园了，拔起脚就转回自己的寓所了。

朋友，我后来听说因为许多爱国文学家著文的攻击，那块侮辱华人的牌子已经取去了。真的取去了没有？还没有取去？朋友，我们要知道，无论这块牌子取去或没有取去，那些以主子自居的混蛋的洋人，以畜生看待华人的观念，是至今没有改变的。

朋友，在上海最好是埋头躲在鸽子笼里不出去，倒还可以静一静心！如果你喜欢向外跑，喜欢在“国中之国”的租界上去转转，那你不仅可以遇着“华人与狗”一类的难堪的事情，你到处可以看到高傲的洋大人的手杖，在黄包车夫和苦力的身上飞舞；到处可以看到饮得烂醉的水兵，沿街寻人殴打；到处可以看到巡捕手上的哭丧棒，不时在那些不幸的人们身上乱揍；假若你再走到所谓“西牢”旁边听一听，你定可以听到从里面传出来的包探捕头拳打脚踢毒刑毕用之下的同胞们一声声呼痛的哀音，这是他们利用治外法权来惩治反抗他们的志士！半殖民地民众悲惨的命运呵！中华民族悲惨的命运呵！

朋友，我在上海混不出什么名堂，仍转回K省来了。

我搭上一只J国轮船。在上船之前，送行的朋友告诉我在J国轮船，确要小心谨慎，否则船上人不讲理的。我将他们的忠告，谨记在心。我在狭小拥挤、汗臭屁臭、蒸热闷人的统舱里，买了一个铺位。朋友，你们是知道的，那时，我已患着很厉害的肺病，这统舱里的空气，是极不适宜于我的；但是，一个贫苦学生，能够买得起一张统舱票，能够在统舱里占上一个铺位，已经就算是很幸事了。我躺在铺位上，头在发晕！等查票人过去了，正要昏迷迷地睡去，忽听到从货舱里发出可怕的打人声及喊救声。我立起身来问茶房什么事，茶房说，不要去理它，还不是打那些不买票的穷蛋。我不听茶房的话，拖着鞋向那货舱走去，想一看究竟。我走到货舱门口，就看见有三个衣服褴褛的人，在那堆叠着的白糖包上蹲伏着。一个是兵士，二十多岁，身体健壮，穿着一件旧军服。一个像工人模样，四十余岁，很瘦，似有暗病。另一个是个二十余岁的妇人，面色粗黑，头上扎一块青布包头，似是从乡下逃荒出来的样子。三人都用手抱住头，生怕头挨到鞭子，好像手上挨几下并不要紧的样子。三人的身体，都在战栗着。他们都在极力将身体紧缩着，好像想缩小成一小团子或一小点子，那鞭子就打不着那一处了。三人挤在一个舱角里，看他们的眼睛，偷偷地东张西望的神气，似乎他们在希望着就在屁股底下能够找出一个洞来，以便躲进去避一避这无情的鞭打，如果真有一个洞，就是洞内满是屎尿，我想他们也是会钻进去的。在他们对面，站着七个人，靠后一点，站着一个较矮的穿西装的人，身体肥胖得很，肚皮膨大，满脸油光，鼻孔下蓄了一小绺短须。

两手插在裤袋里，脸上浮露一种毒恶的微笑，一望就知道他是这场鞭打的指挥者。其余六个人，都是水手茶房的模样，手里拿着藤条或竹片，听取指挥者的话，在鞭打那三个未买票偷乘船的人们。

“还要打！谁叫你们不买票！”那肥人说。

他话尚未说断，那六个人手里的藤条和竹片，就一齐打下。“还要打！”肥人又说。藤条和竹片又是一齐打下。每次打下去，接着藤条竹片的着肉声，就是一阵“痛哟！”令人酸鼻的哀叫！这种哀叫，并不能感动那肥人和几个打手的慈心，他们反而哈哈地笑起来了。

“叫得好听，有趣，多打几下！”那肥人在笑后命令地说。

那藤条和竹片，就不分下数地打下，“痛哟！痛哟！饶命呵！”的哀叫声，就更加尖锐刺耳了！

“停住！去拿绳子来！”那肥人说。

那几个打手，好像要熟了把戏的猴子一样，只听到这句话，就晓得要做什么。马上就有一个跑去拿了一捆中粗绳子来。

“将他绑起来，抛到江里去喂鱼！”肥人指着那个兵士说。那些打手一齐上前，七手八脚地将那兵士从糖包上拖下来，按倒在舱面上，绑手的绑手，绑脚的绑脚，一刻儿就把那兵士绑起来了。绳子很长，除缚结外，还各有一长段拖着。

那兵士似乎处于昏迷状态了。

那工人和那妇人还是用双手抱住头，蹲在糖包上发抖战，那妇人的嘴唇都吓得变成紫黑色了。

船上的乘客，来看发生什么事情的，渐来渐多，货舱门口都站满了，大家脸上似乎都有一点不平服的表情。

那兵士渐渐地清醒过来，用不大的声音抗议似的说：“我只是无钱买船票，我没有死罪！”

啪的一声，兵士的面上挨了一巨掌！这是打手中一个很高大的人打的。他吼道：“你还讲什么？像你这样的狗东西，别说死一个，死十个百个又算什么！”

于是他们将他搬到舱沿边，先将他手上和脚上两条拖着的绳子，缚在船沿的铁栏杆上，然后将他抬过栏杆向江内吊下去。人并没有浸入水内，离水面还有一尺多高，只是仰吊在那里。被轮船激起的江水溅沫，急雨般打到他面上来。

那兵士手脚被吊得彻心彻骨地痛，大声哀叫。

那几个魔鬼似的人们，听到了哀叫，只是“好玩！好玩！”地叫着跳着作乐。

约莫吊了五六分钟，才把他拉上船来，向舱板上一摔，解开绳子，同时你一句我一句地说着：“味道尝够了吗？”“坐白船没有那么便宜的！”“下次你还买不买票？”“下次你还要不要来尝这辣味儿？”“你想错了，不买票来偷搭外国船！”那兵士直硬硬地躺在那里，闭上眼睛，一句话也不答，只是左右手交换地去抚摸那被绳子嵌成一条深槽的伤痕，两只脚也在那吊伤处交互揩擦。

“把他也绑起来吊一下！”肥人又指着那工人说。

那工人赶紧从糖包上爬下来，跪在舱板上，哀恳地说：“求求你们不要绑我，不要吊我，我自己爬到江里去投水好了。像我这样连一张船票都买不起的苦命，还要它做什么！”他说完就往船沿爬去。

“不行不行，照样得吊！”肥人说。

那些打手，立即将那工人拖住，照样把他绑起，照样将绳子缚在铁栏杆上，照样把他抬过铁栏杆吊下去，照样地被吊在那里受着江水激沫的溅洒，照样他在难忍的痛苦下哀叫，也是吊了五六分钟，又照样把他吊上来，摔在舱板上替他解缚。但那工人并不去抚摸他手上和脚上的伤痕，只是眼泪如泉涌地流出来，尽在抽噎地哭，那半老人看来是很伤心的了！

“那妇人怎样耍她一下呢？”打手中一个矮瘦的流氓样子的人向肥人问。

“……”肥人微笑着不作声。

“不吊她，折磨她，也是有趣的呀！”

肥人点一点头。

于是，他冲了过去，要去欺负那妇人。那妇人双脚打文字式地绞起，一双手用力反抗，用尖声喊叫，“碰不得呀！碰不得呀！”那人对妇人的喊叫充耳不闻，反而得寸进尺。

妇人被吓得呜咽着，她那惊恐与无助的神情，并没有得到他们一点怜惜。

“哈，哈，哈哈……”打手们哄然大笑起来了。

“打！”我气愤不过，喊了一声。

“谁喊打？”肥人圆睁着那凶眼望着我们威吓地喝。

“打！”几十个人的声音，从站着观看的乘客中吼了出来。

那肥人有点惊慌了，赶快移动脚步，挺起大肚子走开，一面急忙地说：

“饶了他们三个人的船钱，到前面码头赶下船去！”

那几个打手齐声答应“是”，也即跟着肥人走去了。

“真是灭绝天理良心的人，那样地虐待穷人！”“好凶恶！”“那个肥大头可杀！”“那几个当狗的打手更坏！”“咳，没有捶那班狗养的一顿！”在观看的乘客中，发生过一阵嘈杂的愤激的议论之后，都渐次散去，各回自己的舱位去了。

我也走回统舱里，向我的铺位上倒下去，我的头像发热病似的胀痛，我几乎要放声痛哭出来。朋友，这是我永不能忘记的一幕悲剧！那肥人指挥着的鞭打，不仅是鞭打那三个同胞，而是鞭打我中华民族，痛在他们身上，耻在我们脸上！啊！啊！朋友，中国人难道真比一个畜生都不如了吗？你们听到这个故事，不也很难过吗？

朋友，后来我还遇着不少的像这一类或者比这一类更难堪的事情，要说，几天也说不完，我也不忍多说了。总之，半殖民地的中国，处处都是吃亏受苦，有口无处诉。但是，朋友，我却因每一次受到的刺激，就更加坚定为中华民族解放奋斗的决心。我是常常这样想着，假使能使中华民族得到解放，那我又何惜于我这一条蚁命！

朋友！中国是生育我们的母亲。你们觉得这位母亲可爱吗？我想你们是和我一样的见解，都觉得这位母亲是蛮可爱蛮可爱的。以言气候，中国处于温带，不十分热，也不十分冷，好像我们母亲的体温，不高不低，最适宜于孩儿们的依偎。以言国土，中国土地广大，纵横万数千里，好像我们的母亲是一个身体魁大、胸宽背阔的妇人，不像日本姑娘那样苗条瘦小。中国许多有名的崇山大岭，长江巨河，以及大小湖泊，岂不象征着我们母亲丰满坚实的肥肤上之健美的肉纹和肉窝？中国土地的生产力是无限的；地底蕴藏着未开发的宝藏也是无限的；废置而未曾利用起来的天然力，更是无限的，这又岂不象征着我们的母亲，保有着无穷的乳汁，无穷的力量，以养育她四万万的孩儿？我想世界上再没有比她养得更多的孩子的母亲吧。至于说到中国天然风景的美丽，我可以说，不但是雄巍的峨眉，妩媚的西湖，幽雅的雁荡，与夫“秀丽甲天下”的桂林山水，可以傲睨一世，令人称羡；其实中国是无地不美，到处皆景，自城市以至乡村，一山一水，一丘一壑，只要稍加修饰和培植，都可以成流连难舍的胜景；这好像我们的母亲，她是一个天姿玉质的美人，她的身体的每一部分，都有令人爱慕之美。中国海岸线之长而且弯曲，照现代艺术家说来，这象征我们母亲富有曲线美吧。啊！母亲！美丽的母亲，可爱的母亲，只因你受着人家的压榨和剥削，弄成贫穷已极；不但不能买一件新的好看的衣服，把你自己装饰起来；甚至不能买块香皂将你全身洗擦洗擦，以致现出怪难看的一种憔悴褴褛和污秽不洁的形容来！啊！我们的母亲太可怜了，一个天生的丽人，现在却变成叫花的婆子！站在欧洲、美洲各位华贵的太太面前，固然是深愧不如，就是站在那日本小姑娘面前，也自惭形秽得很呢！

听着！朋友！母亲躲到一边去哭泣了，哭得伤心得很呀！她似乎在骂着："难道我四万万的孩子，都是白生了吗？难道他们真像着了魔的狮子，一天到晚地睡着不醒吗？难道他们不知道自己伟大的团结力量，去与残害母亲、剥削母亲的敌人斗争吗？难道他们不想将母亲从敌人手里救出来，把母亲也装饰起来，成为世界上一个最出色、最美丽、最令人尊敬的母亲吗？"朋友，听到没有母亲哀痛地哭骂？是的，是的，母亲骂得对，十分对！我们不能怪母亲好哭，只怪得我们之中出了败类，自己压制自己，眼睁睁地望着我们这位挺慈祥美丽的母亲，受着许多无谓的屈辱，和残暴的蹂躏！这真是我们做孩子们的不是了，简直连一位母亲都爱护不住了！

朋友，看呀！看呀！那名叫"帝国主义"的恶魔的面貌是多么难看呀！在中国许多神怪小说上，也寻不出一个妖精鬼怪的面貌，会有这些恶魔那样的狞恶可怕！满脸满身都是毛，好像他们并不是人，而是人类中会吃人的猩猩！他们的血口，张开起来，好似无底的深洞，几千几万几千万的人类，都会被吞下去！

他们的牙齿，尤其是那伸出口外的獠牙，十分锐利，发出可怕的白光！他们的手，不，不是手呀，而是僵硬硬的铁爪！那么难看的恶魔，那么狰狞可怕的恶魔！一，二，三，四，五，朋友，五个可怕的恶魔正在包围着我们的母亲呀！朋友，看呀，看到了没有？呸！那些恶魔将母亲搂住呢！呀，看呀！那个戴着粉白的假面具的恶魔，在做什么？他弯身伏在母亲的胸前，用一支锐利的金管子，刺进，呀！刺进母亲的心口，他的血口，套到这金管子上，拼命地吸母亲的血液！母亲多么痛啊，痛得嘴唇都成白色了。噫，其他的恶魔也照样做吗？看！他们都拿出各种金的、铁的或橡皮的管子，套住在母亲身上被他们铁爪抓破流血的地方，都拼命吸起血液来了！母亲，你有多少血液，不要一下子就被他们吸干了吗？

呀！那矮矮的恶魔，拿出一把屠刀来了！做什么？呸！恶魔！你敢割我们母亲的肉？你想杀死她？哎哟！不好了！一刀！啪的一刀！好大胆的恶魔，居然向我们母亲的左肩上砍下去！母亲的左臂，连着耳朵到颈，直到胸膛，都被砍下来了！砍下了身体的那么一大块——五分之一的那么一大块！母亲的血在涌流出来，她不能哭出声来，她的嘴唇只是在那里一张一张地动，她的眼泪和血在竞着涌流！朋友们！兄弟们！救救母亲呀！母亲快要死去了！

啊！那矮的恶魔怎么那样凶恶，竟将母亲那么一大块身体，就一口生吞下去，还在那里眈眈地望着，像一只饿虎向着驯羊一样地望着！恶魔！你还想砍，还想割，还想把我们的母亲整个吞下去？！兄弟们！无论如何不能与它干休！它砍下而且生吞下去母亲的那么一大块身体！母亲现在还像一个人吗，缺了五分之一的身体？美丽的母亲，变成一个血迹模糊肢体残缺的人了。兄弟们，无论如何，不能与它干休，大家冲上去，捉住那只恶魔，用铁拳痛痛地捶它，捶得它张开口来，吐出那块被生吞下去的母亲身体，才算，决不能让它在恶魔的肚子里消化了去，成了它的滋养料！我们一定要回来一个完整的母亲，绝对不能让她的肢体残缺呀！

呸！那是什么人？他们也是中国人，也是母亲的孩子？那么为什么去帮助恶魔来杀害自己的母亲呢？

你们看！他们在恶魔持刀向母亲身上砍的时候，很快地就把砍下来的那块身体，双手捧到恶魔血口中去！他们用手拍拍恶魔的喉咙，使它快吞下去；现在又用手去摸摸恶魔的肚皮，增进它的胃之消化力，好让快点消化下去。他们都是所谓高贵的华人，怎样会那么恭顺地秉承恶魔的意旨行事？委曲求欢，丑态百出！可耻，可耻！傀儡，卖国贼！狗彘不食的东西！狗彘不食的东西！你们帮助恶魔来杀害自己的母亲，来杀害自己的兄弟，到底会得到什么好处？！我想你们这些无耻的人们啊！你们当傀儡，当汉奸，当走狗的代价，至多只能伏在恶魔的肛门边或小便上，去吸取它把母亲的肉、母亲的血消化完了排泄出来的一点粪渣和尿滴！那是多么可鄙弃的人生啊！

朋友，看！其余的恶魔也都拔出刀来，馋涎欲滴地望着母亲的身体，难道也像矮的恶魔一样来分割母亲吗？啊！不得了，他们如果都来操刀而割，母亲还能活命吗？她还不会立即死去吗？那时，我们不要变成了无母亲的孩子吗？啊！亡了母亲的孩子，不是到处更受人欺负和侮辱吗？朋友们，兄弟们，赶快起来，救救母亲呀！无论如何，不能让母亲死亡的啊！

朋友，你们以为我在说梦呓吗？不是的，不是的，我在呼喊着大家去救母亲啊！再迟些时，她就要死去了。

朋友，从崩溃毁灭中，救出中国来，从帝国主义恶魔生吞活剥下，救出我们垂死的母亲来，这是刻不容缓的了。但是，到底怎样去救呢？是不是由我们同胞中，选出几个最会做文章的人，写上一篇十分娓娓动听的文告或书信，去劝告那些恶魔停止侵略呢？还是挑选几个最会演说、最长于外交辞令的人，去向他们游说，说动他们的良心，自动地放下屠刀不再宰割中国呢？抑或挑选一些顶善哭泣的人，组成哭泣团，到他们面前去，长跪不起，哭个七日七夜，哭动他们的慈心，从中国撤手回去呢？再或者……我不想讲了，这些都不会丝毫有效的。哀求帝国主义不侵略和灭亡中国，那岂不等于哀求老虎不吃肉？那是再可笑也没有了。我想，欲求中华民族的独立解放，绝不是哀告、跪求哭泣所能济事，而是唤起全国民众起来斗争，都手执武器，去与帝国主义进行神圣的民族革命战争，将他们打出中国去，这才是中国唯一的出路，也是我们救母亲的唯一方法，朋友，你们说对不对呢？

因为中国对外战争的几次失利，真像倒霉的人一样，弄得自己不相信自己起来了。有些人简直没有一点民族自信心，认为中国是沉沦于万丈之深渊，永不能自拔，在帝国主义面前，中国渺小到像一个初出世的婴孩！我在三个月前，就会到一位先生，他的身体瘦弱，皮肤白皙，头上的发梳得很光亮，态度文雅。他大概是在军队中任个秘书之职，似乎是一个伤心国事的人。他特地来与我做了下列的谈话：

他："唉！中国真是危急极了！"

我："是的，危急已极，再如此下去，难免要亡国了。"

"唔，亡国，是的，中国迟早是要亡掉的。中国不会有办法，我想是无办法的。"他摇头说，表示十分丧气的样子。

"先生为什么说出这样的话来？哪里就会无办法？"我诘问他。

"中国无力量呀！你想帝国主义多么厉害啊！几

百几千架飞机，炸弹和人一样高；还有毒瓦斯，一放起来，无论多少人，都要死光。你想中国拿什么东西去抵抗它？”他说时，现出恐惧的样子。

“帝国主义固然厉害，但全中国民众团结起来的斗争力量也是不可侮的啦！并且，还有……”我尚未说完，他就抢着说：“不行不行，民众的力量，抵不住帝国主义的飞机大炮，中国不行，无办法，无办法的啦。”

“那照先生所说，我们只有坐在这里等着做亡国奴了！你不觉得那是可耻的懦夫思想吗？”我实在忍不住，有点气愤了。他睁大眼睛，呆望着我，很难为情地不做答声。

这位先生，很可怜地代表一部分鄙怯人们的思想，他们只看到帝国主义的飞机大炮，忘却自己民族伟大的斗争力量。照他的思想，中国似乎是命注定地要走印度、朝鲜的道路了，那还了得？！

中国真是无力自救吗？我绝不是那样想的，我认为中国是有自救的力量的。最近十几年来，中华民族，不是表示过它的斗争力量之不可侮吗？弥漫全国的“五卅”运动，是着实地教训了帝国主义，中国人也是人，不是猪和狗，不是可以随便屠杀的。省港罢工，在当时革命政权扶助之下，使香港变成了臭港，就是最老牌的帝国主义，也要屈服下来。以后北伐军到了湖北和江西，汉口和九江的租界，不是由我们自动收回了吗？在那时帝国主义在中国的威权，不是一落千丈吗？朋友，我现在又要来讲这个故事了。就在北伐军到江西的时候，我在江西做工作，因有事去汉口，在九江又搭上一只J国轮船，而且十分凑巧，这只轮船，就是我那次由上海回来所搭乘的轮船。使我十分奇怪的，就是轮船上下管事人对乘客们的态度，显然是两样的了——从前是蛮横无理，现在是和气多了。我走到货舱去看一下，货舱依然是装满了糖包，但糖包上没有蹲着什么人。再走到统舱去看看，只见两边走廊的甲板上，躺着好几十个人。有些像是做工的，多数是像从乡间来的，有一位茶房正在开饭给他们吃呢。我为了好奇心，走到那茶房面前向他打了一个招呼，与他谈话：

我：“请问，这些人都是买了票吗？”

茶房："他们哪里买票，都是些穷人。"

我："不买票也可以坐船吗？"

茶房："马马虎虎地过去，不买票的人多呢！你看统舱里那些士兵，哪个买了票的？"他用手向统舱里一指，我随着他指的方向望去，果就看见有十几个革命军兵士，围在一个茶房的木箱四旁，箱盖上摆着花生米、皮蛋、酱豆干等下酒菜，几个洋瓷碗盛着酒，大家正在高兴地喝酒谈话呢。

我："他们真都没有买票吗？"

茶房："哪里还会假的，北伐军一到汉口，他们就坐船不买票了。"

"从前的时候，不买票也行坐船吗？"我故意地问。

茶房："那还了得，从前不买票，不但打得要命，还要抛到江里去！"

"抛到江里去？那岂不是要浸死人吃人命？"我又故意地问。

茶房笑说："不是真抛到江里去浸死，而是将他吊一吊，吓一吓。不过这一吊也是一碗辣椒汤，不好尝的。"

我:“那么现在你们的船老板,为什么不那样做呢?”

茶房:“现在不敢那样做了,革命势力大了。”

我:“我不懂那是怎样说的,请说清楚!”

茶房:“那还不清楚吗?打了或吊了中国人,激起了公愤,工人罢下工来,他的轮船就会停住走不动了。那损失不比几个人不买票的损失更大吗?”

我:“依你所说,那外国人也有点怕中国人了?”

茶房:“不能说怕,也不能说不怕,唔,照近来情形看,似乎有点怕中国人了。哈哈!”茶房笑起来了。

我与他再点点头道别,我暗自欢喜地走进来。我心里想,今天可惜不遇着那肥大头,如遇着,至少也要奚落他几句。

我走到官舱的饭厅上去看看,四壁上除挂了一些字画外,却挂了一块木板布告。布告上的字很大,远处都可以看清楚。

第　号

国民革命军总司令布告

为布告事。照得近来有军人及民众搭乘外国轮船不买票，实属非是！

特出布告，仰该军民人等，以后搭乘轮船，均须照章买票，不得有违！

切切此布。

啊啊，外国轮船，也有挂中国布告之一天，在中国民众与兵、工奋斗之下，藤条、竹片和绳子，也都失去从前的威力了。

朋友，不幸得很，从此以后，中国又走上了厄运，环境又一天天地恶劣起来了。经过“五三”的济南惨案，直到“九一八”，日本帝国主义公然出兵占领了中国东北四省，就是我在上面所说那矮的恶魔，一刀砍下并生吞下我们母亲五分之一的身体。这是由于中华民族革命运动，受了挫折，对于中国进攻采取了“不抵抗主义”，没有积极唤起国人自救所致！但是，朋友，接着这一不幸的事件而起的，却来了全国汹涌的抗日救国运动，东北四省前仆后继的义勇军的抗战，以及“一·二八”有名的上海战争。这些是给了骄横一世的日本军阀一个严重的教训，并在全世界人类面前宣告，中国的人民和兵士，不是生番，不是野人，而是有爱国心的，而是能够战斗的，能够为保卫中国而牺牲的。谁要想将有四千年历史与四万万人口的中华民族吞噬下去，我们是会与他们拼命战斗到最后的一人！

朋友，虽然在我们之中，有汉奸，有傀儡，有卖国贼，他们认仇作父，为虎作伥；但他们那班可耻的人，终竟是少数，他们已经受到国人的抨击和唾弃，而渐趋于可鄙的结局。大多数的中国人，有良心有民族热情的中国人，仍然是热心爱护自己的国家的。现在不是有成千成万的人在那里决死战斗吗？他们决不让中国被帝国主义所灭亡，决不让自己和子孙们做亡国奴。朋友，我相信中华民族必能从战斗中获救，这岂是我们的自欺自誉吗？

不错，目前的中国，固然是江山破碎，国弊民穷，但谁能断言，中国没有一个光明的前途呢？不，决不会的，我们相信，中国一定有个可赞美的光明前途。中华民族在很早以前，就造起了一座万里长城和开凿了几千里的运河，这就证明中华民族伟大无比的创造力！中国在战斗之中一旦斩去了帝国主义的锁链，肃清自己阵线内的汉奸卖国贼，得到了自由与解放，这种创造力，将会无限地发挥出来。到那时，中国的面貌将会被我们改造一新。所有贫穷和灾荒，混乱和仇杀，饥饿和寒冷，疾病和瘟疫，迷信和愚昧，以及那慢性的杀灭中华民族的鸦片毒物，这些等等都是帝国主义带给我们可憎的赠品，将来也要随着帝国主义的赶走而离去中国了。朋友，我相信，到那时，到处都是活跃跃的创造，到处都是日新月异的进步，欢歌将代替了悲叹，笑脸将代替了哭脸，富裕将代替了贫穷，康健将代替了疾苦，智慧将代替了愚昧，友爱将代替了仇杀，生之快乐将代替了死之悲哀，明媚的花园将代替了凄凉的荒地！这时，我们民族就可以无愧色地立在人类的面前，而生育我们的母亲，也会最美丽地装饰起来，与世界上各位母亲平等地携手了。

这么光荣的一天，决不在辽远的将来，而在很近的将来，我们可以这样相信的，朋友！

朋友，我的话说得太啰唆厌听了吧！好，我只说

下面几句了。我老实地告诉你们，我爱护中国之热诚，还是如小学生时代一样的真诚无伪；我要打倒帝国主义为中华民族解放之心还是火一般的炽烈。不过，现在我是一个待决之囚呀！我没有机会为中华民族尽力了，我今日写这封信，是我为民族热情所感，用文字来作一次为垂危的中国的呼喊，虽然我的呼喊，声音十分微弱，有如一只将死之鸟的哀鸣。

啊！我虽然不能实际地为中国奋斗，为中华民族奋斗，但我的心总是日夜祷祝着中华民族在帝国主义羁绊之下解放出来之早日成功！假如我还能生存，那我生存一天就要为中国呼喊一天；假如我不能生存——死了，我流血的地方，或者我瘗骨的地方，或许会长出一朵可爱的花来，这朵花你们就看作是我的精诚的寄托吧！在微风的吹拂中，如果那朵花是上下点头，那就可视为我对于为中华民族解放奋斗的爱国志士们在致以热诚的敬礼；如果那朵花是左右摇摆，那就可视为我在提劲儿唱着革命之歌，鼓励战士们前进啦！

亲爱的朋友们，不要悲观，不要畏馁，

要奋斗！要持久地艰苦地奋斗！把各人所有的智慧才能，都提供于民族的拯救吧！无论如何，我们决不能让伟大的可爱的中国，灭亡于帝国主义的肮脏的手里！

你们挚诚的祥松

五月二日写于囚室

囚人祥松将上信写好了，又从头到尾仔细修改了一次，自以为没有什么大毛病了，将它折好，套入一个大信封里。信封上写着："寄送不知其名的朋友们均启"。这封信，他知道是无法寄递的，他扯开书桌的抽屉，将信放在里面。然后拖起那双戴了铁镣的脚，钉铛钉铛走到他的铁床边就倒下去睡了。

他往日的睡，总是做着许多噩梦，今晚他或者能安睡一夜吧！我们盼望他能够安睡，不做一点梦，或者只做个甜蜜的梦。